mare

Jon Fosse

Das ist Alise

Novelle

Aus dem Norwegischen
von Hinrich Schmidt-Henkel

mare

Neuausgabe, 4. Auflage 2023
© 2003, © 2023 by mareverlag, Hamburg
© 2003 by Jon Fosse
Typografie Iris Farnschläder, mareverlag
Schrift Stempel Garamond
Druck und Bindung CPI books GmbH, Germany
ISBN 978-3-86648-743-7

www.mare.de

Ich sehe Signe auf der Bank liegen dort in der Stube und sie blickt auf all das Altgewohnte, den alten Tisch, den Ofen, die Holzkiste, die alte Wandvertäfelung, das große Fenster zum Fjord hin, sie blickt darauf, ohne es zu sehen, und alles ist wie immer, nichts ist verändert, trotzdem ist alles anders, denkt sie, denn seit er verschwunden und nie wiedergekommen ist, ist nichts mehr, wie es war, sie ist einfach hier, ohne hier zu sein, die Tage kommen, die Tage gehen, die Nächte kommen, die Nächte gehen und sie folgt mit ihren langsamen Bewegungen, ohne dass irgendetwas besonders oder außergewöhnlich ist, und weiß sie, was für ein Tag heute ist?, denkt sie, ja, es ist wohl Donnerstag und der Monat ist März, und das Jahr, das Jahr ist 2002, so viel weiß sie, so viel schon, aber welches Datum heute ist und so was, nein, das will ihr nicht einfallen, und warum eigentlich auch? was hat das schon zu bedeuten?, denkt sie, sie braucht das nicht zu wissen, sie kann trotzdem sicher und schwer in sich selber ruhen, so, wie sie war, bevor er verschwunden ist, aber dann packt sie das wieder, dass er verschwunden ist, an dem Dienstag damals, Ende November, 1979, und sofort ist sie wieder in dem Leeren, denkt sie und sie blickt zur Flurtür und die geht auf und dann sieht sie sich selber hereinkommen und die Tür hinter sich zumachen und dann sieht sich selber in die Stube gehen, sie bleibt stehen und sie blickt zum Fenster, und dann sieht sie sich selber, wie sie ihn anblickt, und er steht am Fenster und sie sieht, wie sie im Zimmer steht, dass er ins Dunkle hinausschaut, mit seinem langen schwarzen Haar und in seinem schwarzen Pullover, dem Pullover, den sie selber für ihn gestrickt hat, und er trägt ihn fast immer, wenn es kalt ist, er steht da, denkt sie, und er ist fast eins mit der Dunkelheit dort draußen, denkt sie, ja, so sehr, dass sie, als sie die Tür aufgemacht und hineingekommen ist, erst gar nicht gemerkt hat, dass er da steht, obwohl sie, ohne es zu denken, ohne es sich einzugestehen, irgendwie gewusst hat, dass er da stehen würde, denkt sie, und sein schwarzer Pullover und die Dunkelheit draußen vorm Fenster sind fast eins, er ist die Dunkelheit, die Dunkelheit ist er, aber trotzdem, denkt sie, als sie hereingekommen ist und ihn da hat stehen sehen, da war das, als würde sie etwas Unerwartetes sehen, und das ist seltsam, denn er steht so oft dort am Fenster, nur dass sie es sonst nicht sieht, denkt sie, oder sie sieht es, aber sie bemerkt es irgendwie gar nicht, denn dass er da steht, ist wohl auch zu einer Gewohnheit geworden, wie das meiste, es ist etwas, das einfach ist, um sie herum, aber jetzt, als sie in die Stube gekommen ist, hat sie gesehen, dass er da steht, sie hat sein schwarzes Haar gesehen und seinen schwarzen Pullover und jetzt steht er immer noch da und blickt hinaus in die Dunkelheit und warum tut er das bloß?, denkt sie, warum steht er einfach da? wenn ja draußen hinterm Fenster noch etwas zu sehen wäre, dann könnte sie es verstehen, aber dort ist nichts zu sehen, nur die Dunkelheit, die schwere, fast schwarze Dunkelheit, höchstens könnte vielleicht ein Auto kommen und dann könnte das Licht von den Scheinwerfern ein Stück von der Straße beleuchten, aber so viele Autos kommen hier nicht vorbei und das hat sie ja auch so haben wollen, sie hat an einem Ort wohnen wollen, wo sonst niemand wohnt, wo sie und er, Signe und Asle, möglichst ganz allein sind, einem Ort, den alle anderen verlassen haben, einem Ort, wo der Frühling Frühling ist, der Herbst Herbst, der Winter Winter, wo der Sommer Sommer ist, an so einem Ort hat sie leben wollen, denkt sie, aber jetzt, wenn nur noch die Dunkelheit zu sehen ist, warum steht er dann da und schaut in die Dunkelheit hinaus? warum tut er das? warum steht er da so oft, obwohl nichts zu sehen ist?, denkt sie, und wenn nur endlich Frühling werden könnte, denkt sie, wenn nur endlich der Frühling kommen würde, Licht, wärmere Tage, kleine Blumen auf der Wiese, Knospen an den Bäumen und Blätter, denn diese Dunkelheit, diese ewige Dunkelheit immer, die hält sie nicht mehr aus, denkt sie, und sie muss wohl bald was zu ihm sagen, denkt sie, und dann ist ihr, als ob etwas anders wäre als vorher, denkt sie und sie schaut sich in der Stube um und alles ist wie immer, nichts ist verändert und warum denkt sie dann, dass etwas verändert ist?, denkt sie,

warum sollte sich etwas verändert haben? warum denkt
sie so was? dass sich etwas verändert hätte?, denkt sie,
denn er steht ja dort am Fenster, fast nicht zu unterscheiden von der Dunkelheit draußen, aber was ist bloß in
der letzten Zeit mit ihm los? ist etwas passiert? hat er
sich verändert? warum ist er so still geworden? aber nun,
still, ja, still ist er immer gewesen, denkt sie, was man
sonst auch von ihm sagen mag, er ist schon immer ein
Stiller gewesen, also ist das eigentlich nichts so Besonderes, so ist er eben, so verhält er sich eben, so ist es eben,
was, denkt sie, aber wenn er sich jetzt doch bloß zu ihr
umdrehen würde, etwas zu ihr sagen würde, denkt sie,
einfach nur irgendwas sagen, aber er bleibt da stehen, als
hätte er nicht mal bemerkt, dass sie reingekommen ist
Da stehst du also, was, sagt Signe
und er dreht sich zu ihr um und sie sieht, dass die Dunkelheit auch in seinen Augen ist
Tu ich wohl, ja, sagt Asle
Nicht viel zu sehen draußen, sagt Signe
Nein, nichts, sagt Asle
und er lächelt ihr zu

Nein, nur die Dunkelheit, sagt Signe

Nur die Dunkelheit ja, sagt Asle

Wo schaust du hin, fragt Signe

Weiß ich nicht, sagt Asle

Aber du stehst am Fenster, sagt Signe

Tu ich, ja, sagt Asle

Aber du schaust nirgends hin, sagt Signe

Nein, sagt Asle

Aber warum stehst du dann da, fragt Signe

Ja, sag doch mal, sagt sie

Ja, denkst du über was nach, fragt sie

Ich denk über nichts nach, sagt Asle

Aber wohin schaust du, fragt Signe

Ich schau nirgendwohin, sagt Asle

Du weißt nicht, sagt Signe

Nein, sagt Asle

Stehst nur so da, sagt Signe

Ja, ich steh nur so da, sagt Asle

Tust du, stimmt, sagt Signe

Stört dich das, sagt Asle

Nein, das ist es nicht, sagt Signe

Warum fragst du dann, fragt Asle

Nur so, sagt Signe

Aha, sagt Asle

Aus keinem bestimmten Grund, ich hab einfach nur

gefragt, sagt Signe

Aha, sagt Asle

Ja, ich steh hier so, sagt er

Man muss ja auch nicht immer einen bestimmten Grund

haben, wenn man was sagt, was, sagt er

Hat man wahrscheinlich selten, sagt er

Man sagt eben was, irgendwas, so ist das, sagt Signe

Ja, genau, sagt Asle

Irgendwas muss man ja sagen, sagt Signe

Muss man ja, sagt Asle

So ist das, sagt er

und sie sieht ihn da stehen und er weiß offenbar nicht so

genau, was er mit sich anfangen soll, und dann hebt er

eine Hand und lässt sie wieder sinken und dann hebt er

die andere Hand, hält sie vor sich, und dann hebt er die

erste Hand auch wieder

Woran denkst du, fragt Signe

Nein, an nichts Bestimmtes, sagt Asle

Nein, sagt Signe

Oder doch ja, sagt Asle

Ja, sagt er

und er steht da und blickt sie an

Ich, sagt er

Ich, ja ich, ich werd mal, sagt er

Du, sagt Signe

Ja, sagt Asle

Du wirst, sagt Signe

Ich, sagt Asle

Ich fahr mal bisschen auf den Fjord raus, sagt er

Heut auch wieder, sagt Signe

Glaub schon, sagt Asle

und er dreht sich wieder zum Fenster und wieder sieht
sie ihn da stehen und er ist von der Dunkelheit draußen
fast nicht zu unterscheiden und wieder sieht sie sein
schwarzes Haar am Fenster und dass sein schwarzer
Pullover mit der Dunkelheit da draußen fast eins ist

Heute schon wieder, sagt Signe

und er antwortet nicht und heute fährt er schon wieder

auf den Fjord raus, denkt sie, aber es ist doch Wind, und bald regnet es wahrscheinlich auch wieder, aber das schert ihn wohl gar nicht, egal bei welchem Wetter fährt er mit seinem kleinen Boot raus, einem kleinen Ruderboot, einem Holzboot, denkt sie, was kann man nur daran finden, in so einem kleinen Boot auf den Fjord rauszufahren? da ist es doch kalt und ungemütlich, einfach nur der Fjord mit all dem Wasser, den Wellen, im Sommer mag es ja noch ganz nett sein, auf den Fjord rauszufahren, wenn er blitzeblau ist, wenn er blau glitzert, dann kann er vielleicht verlockend wirken, wenn die Sonne auf den Fjord scheint und er ganz still daliegt, alles blau in blau, aber jetzt, im dunklen Herbst, jetzt ist der Fjord grau und schwarz und farblos und es ist kalt und die Wellen sind groß und unruhig, und im Winter erst, wenn die Ruderbänke verschneit und vereist sind und man das Tauwerk erst mit den Füßen lostreten muss, damit das Eis es freigibt, wenn man das Boot losmachen will, und dann treiben verschneite Eisschollen auf dem Fjord, was dann? was soll dann so verlockend am Fjord sein? nein, das begreift sie nicht, denkt sie,

nein, wirklich, denkt sie, das ist ihr vollkommen schlei-
erhaft, und wenn er ja nur dann und wann mal auf den
Fjord rausfahren würde, um zu angeln vielleicht oder
um ein Netz auszulegen oder so, aber nein, jeden einzel-
nen Tag fährt er auf den Fjord raus, an manchen Tagen
sogar zweimal, wenn es dunkel ist, bei Regen, bei Wel-
lengang, zu jeder Jahreszeit, will er vielleicht nicht mit
ihr zusammen sein? fährt er darum immer auf den Fjord
raus?, denkt sie, denn was für einen Grund kann er sonst
haben? und hat er sich nicht in der letzten Zeit auch verändert, er ist nur noch selten fröhlich, so gut wie nie,
und er ist so verschlossen, menschenscheu, wenn wer
kommt, verzieht er sich, und wenn er mal mit wem
spricht, steht er da und weiß nicht wohin mit seinen
Händen, und er weiß nicht, was er sagen soll, steht da
und ist verlegen, das kann jeder sehen, denkt sie, was er
bloß hat?, denkt sie, ein bisschen ist er ja schon immer so
gewesen, etwas zurückhaltend, hat immer gedacht, die
anderen halten nichts von ihm, dass er sie stört allein
durch seine Gegenwart, dass er ihnen lästig ist, dass er
sie an irgendwas hindert, das sie wollen, ohne dass er

wüsste, was das nun sein soll, und das wird tatsächlich immer schlimmer, früher hat er es noch in Gesellschaft ausgehalten, jetzt nicht mehr, jetzt geht er weg und hält sich abseits, sobald außer ihr noch wer hier ist

Du willst auf den Fjord rausfahren, das denkst du, oder, fragt Signe

Ich denk gar nichts, sagt Asle

Gar nichts, sagt Signe

Nein, sagt Asle

Ich denk gar nichts, sagt er

Ich steh nur hier, sagt er

Du stehst nur da, sagt Signe

Ja, sagt Asle

Was für ein Tag ist heute, fragt Signe

Dienstag, sagt Asle

Ein Dienstag, Ende November, im Jahre 1979, sagt er

Nicht zu glauben, wie schnell die Jahre vergehen, sagt Signe

Nein, nicht zu glauben, sagt Asle

Ein Dienstag Ende November, sagt Signe

Ja, sagt Asle

und er geht vom Fenster weg und geht zur Flurtür

Du gehst, sagt Signe

Ja, sagt Asle

Wo willst du hin, fragt Signe

Nur bisschen raus, sagt Asle

Ja, da wird wohl keiner was gegen sagen können, sagt
Signe

Ja, sagt Asle

und sie sieht ihn zum Ofen gehen, er nimmt ein Holzscheit und er bückt sich und steckt das Holzscheit in den
Ofen und dann richtet er sich auf und schaut in die
Flammen und dann steht er eine Zeit lang da und schaut
in die Flammen, dann geht er zur Flurtür und sie sieht
seine Hand vor der Klinke, als würde er kurz zögern,
sich anders besinnen, und sollte sie etwas zu ihm sagen?
oder sollte er etwas zu ihr sagen? aber keiner von beiden
sagt etwas und dann drückt er die Türklinke

Du hast nichts Besonderes vor, sagt Signe

Nein, nein, sagt Asle

und er zieht die Tür auf sich zu, geht hinaus, und es ist,
als ob er sich zu ihr umdrehen und ihr etwas sagen

wollte, aber er schließt die Tür wieder hinter sich, denkt
sie, und es gibt nichts zu sagen, er hat nur einfach die
Tür aufgemacht und ist rausgegangen, denkt sie, aber
zwischen ihnen stimmt doch alles, alles ist gut, sie verstehen sich so gut, wie man es nur wünschen kann, sie
beide, niemals ein böses Wort zwischen ihnen, er weiß
wahrscheinlich nicht, denkt sie, was er ihr Gutes tun
könnte, er ist eben unsicher, weiß nicht, was sagen, was
tun, aber böse auf sie kann er nicht sein, so was hat sie
noch nie gespürt, denkt sie, nur warum will er dann die
ganze Zeit auf dem Fjord sein? in seinem kleinen Boot,
dem kleinen Holzboot, einem Ruderboot, denkt sie und
sie sieht, wie sie da auf der Bank liegt, sich selber mitten
in der Stube stehen und dann sieht sie sich selber ans
Fenster gehen und hinausschauen und jetzt ist es etwas
heller geworden, denkt sie, wie sie da am Fenster steht,
jetzt ist es so hell wie zu dieser Jahreszeit nur möglich,
so hell, dass man den Himmel mit seinem Grau und
Schwarz erkennen kann, und die verschwommen grauen
Berge auf der anderen Seite vom Fjord kann man jetzt
auch sehen, denkt sie, aber unten auf der Landstraße,

was geht da vor? wer steht da? wer ist das? und was tun die? steht sie selber da unten? mit einem ängstlichen Gesicht? einem verzweifelten? als ob sie sich auflösen und verschwinden würde? sieht sie denn so aus?, denkt sie, was ist das bloß?, denkt sie, aber nein, sie steht ja hier am Fenster, sie steht hier und schaut hinaus, wie kommt sie dann darauf, sie würde unten auf der Landstraße stehen und sich auflösen? wie geht es an, dass sie dort hinschaut und so was denkt? nein, das kann nicht angehen, denkt sie, denn sie steht hier, hier am Fenster, und schaut hinaus, aber sie kann hier nicht stehen bleiben, hier am Fenster, das tut sie so oft, eigentlich steht sie die meiste Zeit hier, steht hier und schaut aus dem Fenster, mal zur Landstraße hin, mal zum Hausweg, so haben sie den Weg zum Haus genannt, denkt sie, Hausweg, das sollte heimelig klingen, dieser Name, vielleicht war es aber auch nur, damit das Stück Straße einen Namen hatte, und da haben sie es Hausweg genannt, die Straße, die zur Landstraße runterführt, von dem alten Haus, in dem sie wohnen, dem schönen alten Haus, mehrere hundert Jahre alt sind die ältesten Teile des Hauses, und dann wurde hier ein bisschen angebaut, da ein bisschen umgebaut und sie selber wohnt hier schon seit bald über zwanzig Jahren, wirklich schon so lange? ist das denn möglich?, denkt sie, dann ist es ja fünfundzwanzig Jahre oder so her, dass sie ihm zum ersten Mal begegnet ist, dass sie ihn herankommen sah mit seinem schwarzen langen Haar, und an Ort und Stelle, so war das wohl gewesen, war gleich klar, dass er und sie zusammengehörten, so war das, ganz einfach, denkt sie und sie schaut der Landstraße nach, wie sie sich schmal am Fjord entlangschlängelt, und er ist nirgends zu sehen, denkt sie und dann schaut sie zum Weg, der von der Landstraße zur Bucht und zum Bootshaus runterführt, zum Bootssteg, und dann schaut sie zum Fjord, der dort liegt, immer derselbe, immer sich wandelnd, und dann schaut sie zu den Bergen auf der anderen Seite des Fjordes, der Fels, zwischen schwarz und grau noch unentschieden, fällt steil ab unter den leichten grauschwarzen Regungen des Himmels, bis hin zur Baumgrenze, und jetzt sind auch die Bäume schwarz, wie schön das wird, wenn sie wieder grün sind, leuchtend grün, denkt sie und sie schaut wieder zu den Bergen und sie denkt, es ist, als würden die Berge ausatmen, dort, wo die Felshänge abfallen, nein, jetzt muss sie aber mal aufhören, denkt sie, von wegen die Berge atmen aus, sowas kann man nicht denken, ein Berg kann ja wohl nicht ausatmen, denkt sie, aber es ist wohl trotzdem so, es ist, als würden die Berge ausatmen, indem die Felshänge immer tiefer nach unten abfallen, dorthin, wo erst Bäume kommen und dann Hügel und Weiden und ein paar Häuser, hier und da ein paar Häuser, verstreut, an manchen Stellen stehen auch einige Häuser dicht beieinander, und unten am Fjord kann sie einen schmalen Streifen erkennen, das ist die Landstraße, die in Schwüngen einherläuft, fast bis ans Ufer, dann wieder weg vom Fjord und wieder hinunter, bevor sie schlaff und erschöpft um die Berge herum verschwindet, so ist das, und jetzt ist so gut wie alles schwarz, so ist das jetzt im Spätherbst und so ist es den ganzen langen Winter über, denkt sie, aber im Frühling, im Sommer, da ist es anders, dann kann alles zusammen das reinste Blau und leuchtende Grün sein und dann können Himmel und Fjord gegeneinander stehen und beide sind vom blauesten Blau und beide glitzern um die Wette, ja, so ist es schon gewesen, und so wird es wieder sein, denkt sie, aber sie sollte jetzt nicht mehr am Fenster stehen, denkt sie, warum tut sie das so oft? und jetzt sollte sie nicht mehr denken, wie sie es so oft gedacht hat, dass sie doch hier stehen kann, ebenso gut hier wie sonstwo, denkt sie, und dann bleibt sie stehen und schaut auf eine Stelle ungefähr in der Mitte vom Fjord und dann träumt sie sich weg, während sie eben auf diese Stelle schaut und wie sie da auf der Bank liegt, sieht sie sich selber am Fenster stehen und sie denkt, er hat ja auch oft so da gestanden, wie sie sich selber jetzt da stehen sieht, er hat ja auch oft am Fenster gestanden, wie sie sich selber jetzt stehen sieht, bevor er verschwand und nicht mehr wiederkam, für immer verschwand, da hat er oft so da gestanden und lange immer nur rausgeschaut und die Dunkelheit draußen am Fenster war schwarz und er war fast nicht von der Dunkelheit da draußen zu unterscheiden oder die Dunkelheit da draußen fast nicht von ihm, so erinnert sie sich an ihn, so war das, so stand er da und dann sagte er was wie er fährt mal ein bisschen auf den Fjord raus, denkt sie, aber nie oder fast nie ist sie mit ihm gefahren, aufs Wasser raus, das war nichts für sie, denkt sie, und vielleicht hätte sie öfter mit ihm rausfahren sollen? und wenn sie an dem Abend damals mit ihm gegangen wäre, vielleicht wäre es dann nie passiert? dann wäre er jetzt vielleicht noch hier? aber so was sollte sie nicht denken, das führt ja zu nichts, denkt sie, sie hat nie gern mit im Boot gesessen, aber er hat das geliebt, sooft er nur konnte, fuhr er mit dem Boot auf den Fjord raus, immer dasselbe, jeden Tag wieder, an manchen Tagen zweimal, denkt sie, und dass er verschwunden, nie mehr wiedergekommen, einfach verschwunden ist und dass sie übrig geblieben ist, allein, denn Kinder haben sie nie welche gekriegt, sie und er, immer nur sie beide, sie und er, denkt sie, er war hier, und dann war er fort, verschwunden, er kam auf sie zu, schnurstracks kam er auf sie zu mit seinem schwarzen langen Haar, sie hatte ihn noch nie gesehen, und da kam er einfach auf sie zu, und dann, ja, eine Zeit lang haben sie noch gewartet, aber dann ist sie zu ihm gezogen, denkt sie, und dann ist sie bei ihm wohnen geblieben, denkt sie, ist mit ihm zusammengeblieben, viele Jahre lang war das so, aber dann, genauso plötzlich, wie er damals auf sie zugekommen war, ist er verschwunden, und jetzt sind viele Jahre vergangen, seit sie ihn das letzte Mal gesehen hat, niemand hat ihn mehr gesehen, er war einfach fort, ist verschwunden, war fort, für immer fort, und was hat er gesagt, als er ging, an dem Tag, als er verschwand? was hat er gesagt, als er ging, hat er da was gesagt? vielleicht dass er ein bisschen auf den Fjord rausfährt? was er immer sagte, also dass er mit dem Boot auf den Fjord rausfahren wollte? so etwas hat er vielleicht gesagt, dass er ein bisschen angeln wollte vielleicht, so was in der Art, dasselbe wie immer hat er wahrscheinlich gesagt, etwas, das er oft sagte, die üblichen Wörter und Sätze, die er immer sagte, das, was man immer so sagt, das hat er wohl gesagt, denkt sie und sie blickt zum Fenster und sie sieht sich selber da am Fenster stehen und hinausschauen und dann sieht sie sich selber in die Stube gehen und sie sieht sich selber ein Holzscheit nehmen, sich bücken und es in den Ofen ste-cken und dann sieht sie sich selber, wie sie sich aufrichtet und zur Flurtür schaut und die geht auf und dann steht er in der Tür, und er kommt in die Stube, schließt die Tür hinter sich

Ich fahr mal bisschen auf den Fjord raus, ja, sagt Asle

Tust du, aha, sagt Signe

Ist bisschen heller geworden, sagt Asle

Ja, heller als so wird es heute nicht mehr, sagt Signe

Jedenfalls hell genug um bisschen rauszufahren, sagt Asle

Ja, da bist du ja nicht so anspruchsvoll, was, sagt Signe

Nein, sagt Asle

Ich geh dann also mal bisschen, ja, sagt er

Mach mal, sagt Signe

Dass du es nie mal über hast, mit dem Boot rauszufahren, sagt sie

Kommt schon vor, sagt Asle

Ach ja, sagt Signe

Ja, sagt Asle

Aber warum fährst du dann trotzdem raus, so gut wie jeden Tag, sagt Signe

Tu ich eben einfach, sagt Asle

Tust du einfach, sagt Signe

Ja, sagt Asle

Aber besonders Lust dazu hast du nicht, sagt Signe

Nein, sagt Asle

Und warum bleibst du dann nicht zu Hause, fragt Signe

Könnte ich eigentlich schon, sagt Asle

Eigentlich schon, du bist witzig, sagt Signe

Vielleicht bin ich einfach gern draußen im Boot, sagt Asle

und sie blicken beide zu Boden, stehen beide da und blicken zu Boden

Du willst nicht mit mir hier sein, das ist es, sagt Signe

Nein, das ist es nicht, sagt Asle

Aber dein Boot ist so klein, sagt Signe

Ich mag es, sagt Asle

Ich habe es schon lange, viele Jahre lang, ein hübsches Boot, ein hübsches Holzboot ist das, weißt du, sagt er

Klar, weiß ich, sagt Signe

Das heißt nein, es ist braun und eigentlich eher hässlich, finde ich, sagt sie

Ich hab schon hübschere Boote gesehen, sagt sie

Ich mag das Boot, sagt Asle

Könntest du dir nicht ein größeres Boot anschaffen, eins, das sicherer ist, fragt Signe

Ich hab keine Lust auf ein neues Boot, sagt Asle

Was soll denn so Besonderes an dem Boot sein, fragt Signe

Ich hab den gekannt, der es gebaut hat, er hat es für mich gebaut, sagt Asle

Der das gebaut hat, hat sein ganzes Leben lang Boote gebaut, und irgendwann hat er eins für mich gebaut, sagt er

Ich bin immer hingegangen und hab zugeschaut, während er es gebaut hat, sagt er

Ja, sagt Signe

Ja, du erinnerst dich natürlich daran, sagt Asle

Natürlich, sagt Signe

Johannes in der Bucht hat es gebaut, ja, sagt Asle

So hat er geheißen, ja, sagt Signe

Johannes in der Bucht, so wurde er genannt, sagt Asle

Und jetzt ist er seit ein paar Jahren tot, sagt er

Die Jahre vergehen schnell, ja, sagt er

Johannes in der Bucht hat sein ganzes Leben lang Boote

gebaut, und meins war eins von den letzten, die er

gebaut hat, sagt er

Aber ist deins nicht kleiner geraten als die Boote, die er

sonst gebaut hat, sagt Signe

Doch schon, sagt Asle

Ein bisschen, sagt er

Ich wollte es ein bisschen kleiner haben, sagt er

Warum denn, sagt Signe

Ich finde das hübscher, sagt Asle

Aber dann ist das Boot nicht so seefest wie andere

Boote, sagt Signe

Nein, nicht ganz so, sagt Asle

und sie sieht, dass er wieder zur Flurtür geht

Du gehst, sagt Signe

und er bleibt stehen und blickt sie an

Ja, sagt Asle

Aber, sagt Signe

Und weißt du, sagt Asle

Ja, ich gehe nur ein bisschen spazieren, heute ist zu viel

Wind, um auf den Fjord rauszufahren, sagt er

Gut so, sagt Signe

Nur ein bisschen spazieren, sagt Asle

Ja, geh du ruhig ein bisschen spazieren, sagt Signe

Es ist scheußlich viel Wind und ziemlich dunkel ist es
auch, obwohl es jetzt die hellste Zeit vom Tag ist, sagt sie

Ja, sagt Asle

und sie sieht ihn durch die Flurtür gehen und sie hinter
sich zumachen, und dann sieht sie, wie sie auf der Bank
liegt, sich selber durch die Küchentür gehen und sie
denkt, sie liegt so viel hier auf der Bank, entweder liegt
sie hier oder sie steht am Fenster, wie als er noch da war,
und warum muss sie ihn immer durch die Tür kommen
sehen? und warum muss sie immer sich selber sehen, wie
sie vom Fenster weg in die Stube geht und da stehen-
bleibt? warum muss sie immer sich selber sehen, wie sie
da steht und etwas zu ihm sagt? und warum muss sie
hören, was er sagt? was sie sagt? warum ist es so? warum
ist er noch da? er ist doch fort, seit vielen Jahren ist er
fort, verschwunden, aber immer noch ist es, als ob er
hier wäre, sie sieht ja, wie die Flurtür aufgeht, sie sieht
ihn da in der Tür stehen, sie sieht ihn in die Stube kom-

men, hört ihn sagen, was er so oft sagte, so ist es und so wird es bleiben, obwohl er für immer fort ist, ist er trotzdem hier, er sagt, was er immer sagte, er geht, wie er immer ging, er ist so angezogen, wie er immer angezogen war, denkt sie, und sie, was ist mit ihr? ja, sie liegt hier auf der Bank oder steht da am Fenster und schaut hinaus, denn sie hat immer da gestanden und hinausgeschaut, denkt sie, ja, sie steht da, heute wie damals, oder sie liegt hier auf der Bank, denkt sie und sie sieht sich selber von der Küche hereinkommen und sie sieht sich selber zum Fenster gehen und am Fenster stehenbleiben und sie denkt, wie sie da auf der Bank liegt, dass sie das nicht mehr schafft, sie begreift das nicht, denkt sie, warum ist das nur so? warum ist es so, als wäre er immer noch am Leben und würde jetzt den Hausweg runtergehen, wie er es so oft getan hat, bevor er verschwand und nie wiederkam, obwohl es viele Jahre her ist, dass sie ihn hat den Hausweg hinuntergehen sehen, ist es, als ob er genau jetzt den Hausweg hinuntergehen würde, denkt sie und sie sieht sich selber da am Fenster stehen und in die Dunkelheit hinausschauen, und da, da sieht sie,

denkt sie, wie sie am Fenster steht, da sieht sie ihn den
Hausweg hinuntergehen und sie sieht die alte gelbweiße
Mütze auf seinem Kopf und er wird sicher trotzdem auf
den Fjord rausfahren, denkt sie und sie dreht sich um
und schaut zur Bank und dann sieht sie sich selber da auf
der Bank liegen, und so was kann ja gar nicht sein! sie
steht doch hier am Fenster, und jetzt sieht sie sich selber
da auf der Bank liegen und sie sieht so alt aus, wie sie da
liegt, so verbraucht, und ihre Haare sind ziemlich grau
geworden, aber sie sind immer noch lang, also wirklich,
das muss man sich mal vorstellen, sie steht hier am Fenster und schaut hinaus und dann schaut sie zur Bank und
sieht sich selber da liegen, alt und grau, denkt sie und sie
schaut zum Ofen und dort, da auf dem Stuhl beim Ofen
sieht sie sich selber sitzen, auch das noch!, denkt sie also
nicht nur, dass sie sich selber alt und grau auf der Bank
liegen sieht, sie sieht sich auch noch selber da auf dem
Stuhl beim Ofen sitzen, da sitzt sie und strickt an dem
schwarzen Pullover, den er fast die ganze Zeit anhat,
auch jetzt hat er ihn an, denkt sie und sie sieht, dass ihr
Haar schwarz und lang und dicht ist, wie sie da sitzt, ihr

Haar ist ein bisschen gelockt und sie sitzt da und schaut in die Flammen und ihre Finger stricken unentwegt an dem schwarzen Pullover, den er fast immer anhat, und dann schaut sie wieder zur Bank und sieht sich selber da liegen und ihr Haar ist grau geworden, aber immer noch ist es lang, langes graues Haar hat sie, wie sie da auf der Bank liegt, und sie schaut aus dem Fenster und sie sieht ihn den Hausweg hinuntergehen mit der gelbweißen Mütze, die er seit kurzem immer trägt, und sie denkt, dass diese Mütze grausam hässlich ist, und er denkt, jetzt dreht er sich aber nicht um, denn wenn er sich umdreht, dann sieht er wahrscheinlich nur wieder, dass sie am Fenster steht und hinausschaut, im Licht, das in der Stube brennt, steht sie, gut sichtbar, und schaut hinaus, darum will er sich nicht umdrehen, er will nicht zu ihr hinschauen, er will nur ein bisschen die Landstraße ent-langspazieren, das ist heute kein Tag, um auf den Fjord rauszufahren, der Wind ist zu stark und es ist nicht mal richtig hell, obwohl jetzt die hellste Zeit des Tages ist, und bald legt sich wieder die Dunkelheit über alles, denkt er, also muss er heute mal an Land bleiben, jedenfalls hat er das zu ihr sagen müssen, denkt er, aber es genügt ja vielleicht auch, ein bisschen spazieren zu gehen, denkt er und er geht die Landstraße entlang und es ist kaum zu glauben, wie scheußlich dunkel es jetzt im Spätherbst ist, mittlerweile ist ja Ende November, ein Dienstag Ende November, 1979, und obwohl es noch Nachmittag ist, ist es so dunkel, als wäre der Abend schon da, so ist es in dieser Jahreszeit, im Spätherbst, denkt er, und nicht mehr lange, dann ist es immer nur dunkel, den ganzen Tag lang, überhaupt kein nennenswertes Licht mehr, denkt er und es tut gut zu gehen, er geht gern, denkt er, klar braucht es manchmal Überwindung rauszugehen, aber wenn man erst mal draußen ist, dann tut es gut, und es gefällt ihm, er geht gern, wenn er erstmal in Gang kommt, richtig losgeht, den richtigen Schritt findet, dann tut es gut, denkt er, dann ist es, als ob das Schwere, das das Leben sonst anfüllt, ein bisschen leichter würde, als ob es von ihm genommen würde, zu Bewegung würde, raus aus dem schweren dichten reglosen schwarzen Leben, das sonst ist, denkt er, und wenn er geht, denkt er, fühlt er sich manchmal wie ein hübsches älteres Stück Holzarbeit, also wirklich, so was Dummes! so was Dummes!, denkt er, aber es kommt vor, dass er sich fühlt wie die schönen Planken eines hübschen alten Bootes! also wirklich, denkt er, so was Verrücktes, so was zu denken, er denkt, er wäre wie die hübschen Planken eines alten Bootes, denkt er, wie kann man denn so was denken?, denkt er, das geht doch nicht, so was zu denken, von wegen er ist die Planke eines Bootes? also was geht bloß in seinem Kopf vor?, denkt er und blickt auf, zum Himmel, und er sieht, dass der fast ganz schwarz geworden ist, und schon jetzt, jetzt am Nachmittag, ist es schon so dunkel geworden, denkt er, und auch noch etwas kälter, aber er hat ja zum Glück seinen dicken warmen schwarzen Pullover an, denkt er und er geht ein bisschen schneller und er findet, es wird immer schneller dunkel, je schneller er geht, desto schneller wird es dunkel, so kommt es ihm vor, denkt er und ist ihm ein bisschen kalt? nein, nicht, denkt er, er ist gut angezogen, er hat ja den schwarzen Pullover an, den sie ihm gestrickt hat, im ersten Winter, als sie zusammen wohnten, hat sie ihm den Pullover gestrickt, den er fast immer anhat, wenn es kalt ist, der wärmt gut, aber warum hat er fast immer diesen Pullover an? einen Grund gibt es dafür wohl nicht, es ist einfach so gekommen, denkt er und er schaut zum Fjord und der liegt ziemlich still und der Wind ist jetzt offenbar schwächer als vorhin, denkt er, da könnte er vielleicht doch ein bisschen auf den Fjord rausfahren? aber warum will er nur das ganze Jahr über immer auf den Fjord raus? eigentlich will er das ja gar nicht, er tut es nur immer, denkt er, er fährt auf den Fjord raus, wie das Wetter auch sein mag, und warum tut er das? um zu angeln? ja, er angelt schon noch ein bisschen, aber so besonders gern angelt er nicht mehr, also daran kann es nicht liegen, denkt er, nein, heute geht er wohl besser nur ein bisschen spazieren, das macht er sonst so gut wie nie, er kann sich gar nicht erinnern, wann er das letzte Mal die Landstraße langgegangen ist, denkt er und warum will er das dann heute tun? nein, warum denkt er so was? warum muss immer alles einen Grund haben?, denkt er, jetzt geht er noch ein bisschen auf der Landstraße spazieren und dann macht er kehrt und geht wieder nach Hause, zu dem alten

Haus, dem Haus, in dem er schon sein ganzes Leben lang wohnt, erst zusammen mit Vater und Mutter und den Geschwistern und jetzt mit der Frau, die er geheiratet hat, ein schönes altes Haus ist das, denkt er, und wer weiß, wie alt das Haus ist, nein, das weiß niemand, aber es ist alt und es steht schon seit ein paar Hundert Jahren an derselben Stelle, aber warum wird es bloß so schnell dunkel? es ist ja schon fast vollkommen dunkel?, denkt er und er schaut zum Fjord und die Wellen schlagen jetzt hart ans Ufer und er kann die Wellen immer noch sehen, aber vor allem hört er sie, denkt er, und jetzt muss er kehrt machen, nach Hause gehen, aber er mag noch nicht nach Hause gehen, warum mag er nicht? liegt es an ihr, daran, dass sie da in der hellen Stube am Fenster steht und auf ihn wartet, liegt es daran, dass er noch nicht nach Hause gehen mag? nein, das ist es auch nicht, aber ihm ist ein bisschen kalt, und es ist jetzt fast dunkel, ziemlich plötzlich ist es dunkel geworden, fast völlig dunkel, da sollte er wohl doch besser nach Hause gehen, denkt er und er bleibt stehen und schaut zum Ufer, zu den Wellen, und er blickt den Fjord entlang und er sieht, dass Fjord und Berge und Dunkelheit gleich miteinander verschmelzen, dass sie eins werden, und jetzt muss er aber nach Hause, denkt er und macht sich auf den Heimweg, ein kurzer Spaziergang war das, denkt er, aber immerhin ist er ein bisschen draußen gewesen, denkt er, und jetzt wartet sie sicher auf ihn, denkt er und er geht rasch und wenn er ein Stückchen gegangen ist, um die Kurve herum, dann kann er das Haus sehen und dass Licht im Fenster ist und dass sie im Fenster steht, da ist er sicher, sie steht im hellen Fenster, von der Dunkelheit eingerahmt, und schaut ihm entgegen, obwohl sie ihn nicht sehen kann, schaut sie ihm entgegen und sie sieht ihn und so ist es immer, denkt er und er lässt die Kurve hinter sich und er schaut zum Haus, wo sie wohnen, und da steht sie, da im hellen Fenster steht sie und schaut in die Dunkelheit hinaus, und er weiß, dass sie ihn sieht, immer sieht sie ihn, denkt er und er will nicht zum Fenster schauen, nicht zu ihr schauen, wie sie da steht, denkt er und er schaut zum Ufer, und da, unten am Ufer, unterhalb vom Bootshaus, da brennt ja ein Feuer! nein, das ist seltsam, wieso jetzt das, denkt er, und dann ist es

nicht mehr seltsam, sondern ganz so, wie es sein soll,
denkt er, natürlich muss am Ufer da unterm Bootshaus
ein Feuer brennen, denkt er, daran ist überhaupt nichts
Seltsames, denkt er, aber dann ist das Feuer viel näher als
eben noch, jetzt ist es gleich unterhalb von ihm, nicht
mehr da hinten am Ufer unterm Bootshaus, nein, gleich
hier unterhalb von ihm, denkt er und er geht weiter, und
er schaut hinunter, und was ist das? nein, das kann er
nicht begreifen, denkt er und blickt auf und sieht, dass
das Feuer jetzt wieder hinten am Ufer unterm Bootshaus
ist, hinten in der Bucht, und dann wird das Feuer kleiner, zu einem Flämmchen, das schwach im Wind und im
Dunkeln flackert und man sieht es gerade mal noch so
irgendwo in der schweren Dunkelheit, so schwer wie er
selber ist die Dunkelheit, denkt er, und dicht ist die
Dunkelheit, eine einzige Finsternis, Schwärze, man kann
die Flamme gerade noch so erkennen, und dann nicht
mehr, jetzt ist es zu schwarz, aber dann ist die Flamme
wieder da, mehrere Flammen, dann werden die Flammen größer, werden wieder zu einem kleinen Feuer, dort
hinten in der Bucht, da unterm Bootshaus brennt jetzt

ein Feuer, denkt er und er bleibt stehen und schaut zu dem Feuer. Und jetzt ist das Feuer groß. Unten in der Bucht brennt ein Feuer. Und dann ist das Feuer wieder näher bei ihm. Wahrscheinlich kann er wegen der Dunkelheit und der Kälte nicht genau erkennen, wo es brennt, denkt er, aber sehen tut er es, da in der Dunkelheit, die gelben und roten Flammen. Und es sieht warm und gemütlich aus, denn es ist ziemlich kalt, denkt er, es ist so kalt geworden, dass er weitergehen muss, er kann nicht stillstehen, dafür ist es zu kalt, denkt er und er geht weiter und er friert und es ist so kalt, dass er so schnell geht, wie er nur kann, und er weiß gar nicht mehr, wann es im Herbst zuletzt so kalt gewesen ist, denkt er, das muss irgendwann in seiner Kindheit gewesen sein, denn damals, so erinnert er sich jedenfalls, war es fast immer kalt und der Fjord war voll Eis und viel Schnee lag auf den Hängen, auf den Straßen, Eis und Schnee und Kälte, in den letzten Jahren dagegen ist es im Herbst eher mild gewesen, aber jetzt, dieses Jahr, hat die Kälte wieder zugepackt, denkt er, und er hatte gar keine Mütze mehr zum Aufsetzen, die alten roten Zipfelmützen mit dem

Bommel dran, die er als Junge getragen hatte, die waren natürlich nirgends mehr zu finden, egal, wo sie nun hingeraten waren, denn wo kommen Mützen wohl hin?, denkt er, sie verschwinden einfach, die Jahre vergehen und irgendwo kommen die Jahre und die roten Mützen hin, denkt er, aber dann, denkt er, hat er ja eine Mütze gefunden, groß genug und gemütlich ist die, gelb und weiß, sicher eine von den Mützen, die noch von seiner Großmutter dalagen, die mit dem alten Olav, seinem Großvater, verheiratet gewesen war, Opa Olav, der gestorben ist, als er selber noch so klein war, dass er sich nicht an ihn erinnern kann, an Opa Olav, aber er erinnert sich dran, denkt er, dass die Oma so eine Mütze aufhatte, das hat sich ihm eingeprägt, so wie sich so manches einprägt, natürlich weiß er noch, wie die Oma so eine Mütze aufhatte, und er erinnert sich auch an den blauen Mantel, den sie anhatte, und in der Hand hatte sie einen Stock, denkt er, denn es ist glatt auf der Landstraße, über die Oma herankommt, darum hat sie einen Stock in der Hand, um sich zu stützen und auf den Beinen zu halten und nicht hinzufallen und sich die

Gräten zu brechen, wie sie sagte, denkt er, und in der anderen Hand hat sie ihre Einkaufstasche, eine rote Tasche, und auf dem Kopf sitzt die gelbweiße Wollmütze, die er jetzt selber immer aufhat, an diesen kalten Tagen. Und geht er jetzt nicht, denkt er, auf die Oma zu? Denn er sieht die Oma auf sich zukommen und er geht auf sie zu

Oma! Hallo Oma!, ruft Asle

Warst du einkaufen, Oma!, ruft er

und die Oma lächelt ihm zu unter ihrer gelbweißen Mütze, die er jetzt selber aufhat, und sie sagt warte nur, sagt sie, komm mit nach Hause, dann zeige ich dir, was ich gekauft habe

Komm mit nach Hause, dann zeig ich dirs, sagt die Oma

Ich hab so dies und das gekauft, sagt sie

Komm mit nach Hause, du, dann zeig ich dirs, sagt sie

und er sieht, dass die Oma schwer zu tragen hat

Soll ich dir tragen helfen, sagt Asle

Ich schaff das schon, sagt die Oma

Es ist leichter, wenn ich die Sachen selber trage, dann gehe ich sicherer, sagt sie

Aber du kannst ja an dem einen Griff mit anfassen und

mir bisschen helfen, das wäre nett, sagt sie

Ein bisschen Hilfe ist immer gut, sagt sie

und er nimmt den Griff von der Einkaufstasche und

dann legt die Oma zwei Finger über seine kalten Finger

und dann tragen sie die Tasche zusammen, langsam,

Schritt für Schritt, den Hausweg hoch und sagen beide

nichts

Du bist ein guter Junge, Asle, sagt die Oma

und die Oma und er gehen weiter und er fühlt die kalten

und ein bisschen steifen Finger von der Oma auf seinen

Fingern und will die Hand zurückziehen, aber traut sich

nicht, denkt er und er geht die Landstraße entlang und

jetzt ist er an der flachen Stelle unterm Nachbarhof

angekommen und hört er nicht oben wen stehen und

reden? reden da die beiden Jungs? oder nicht? nein, da

war sicher nichts, denkt er und jetzt sollte er nach Hause

gehen, denkt er und er schaut zu dem Feuer am Ufer

unten und jetzt ist das Feuer groß und immer noch ist es

schwierig zu sehen, ob das Feuer in der Bucht da unterm

Bootshaus brennt oder irgendwo anders, näher bei ihm,

denkt er, aber groß ist das Feuer, die gelben und roten
Flammen sind schön in der Dunkelheit, in dieser Kälte,
und im Licht des Feuers sieht er die Wellen wie immer
gegen die Ufersteine schlagen oder er sieht die Wellen
nicht, denkt er, er sieht nur das Wasser, das über die
Steine spült und wieder von den Steinen abläuft, vor und
zurück bewegt sich das Wasser, überspült die Steine,
zieht sich zurück, denkt er und er bleibt stehen und
schaut auf die nassen Steine im Licht des Feuers und
dann schaut er zum Feuer und da im Feuer, ist da nicht
ein Körper? ein Mensch?, denkt er, mitten im Feuer sieht
er ein bärtiges Gesicht und dann fängt der Bart, er ist
grau und schwarz, an zu brennen und das lange graue
und schwarze Haar steht auch in Flammen und er sieht
Augen in die Flammen starren und etwas in den Augen
wird irgendwie von den Flammen hochgesogen und als
Rauch in die kalte Luft gewirbelt und er sieht Augen
und die Gesichter sind nicht zu sehen, das sind keine
Gesichter, das sind nur Grimassen, und die Körper sind
nicht zu sehen und dann sieht er, wie die Augen etwas
wie Stimmen bekommen und er hört etwas wie ein

Heulen, erst ein einzelnes Heulen, von einem Auge, und dann ein lautes Heulen von vielen Augen und dann wird das große Heulen eins mit den aufwärts steigenden Flammen und verschwindet in der Dunkelheit und die Stimmen in den Augen fliegen empor und sind der Rauch, den man nicht sehen kann, und er geht weiter und jetzt ist es so kalt, dass er schnell ins Haus muss, denkt er, es ist zu kalt, um draußen zu bleiben, und ihr Haus ist zwar alt, aber in der Stube in dem alten Haus ist es warm, denkt er, sie haben einen guten Ofen, und sie feuern ordentlich ein, das Holz besorgt er selber, im Sommer schlägt er Feuerholz und im Herbst sägt er es passend zu, spaltet es, stapelt es auf, dass es gut durchtrocknet, denkt er, ja, Holz genug haben sie, ordentlich viel Holz und ordentlich warm haben sie es, und bevor er gegangen ist, hat er noch ein Scheit nachgelegt, denkt er, und inzwischen hat sie vielleicht auch noch eins nachgelegt, damit das Feuer nicht ausgeht, natürlich hat sie das getan, also ist es in der Stube in ihrem alten Haus sicher schön warm, denkt er und er geht den Hausweg hoch zu ihrem alten Haus und jetzt sollte er nicht stehen bleiben und sich umdrehen und zum Ufer schauen, jetzt sollte er nach Hause gehen und jetzt sollte er nicht wieder denken, dass er ein bisschen auf den Fjord hätte rausfahren können, es ist zu kalt, es ist zu dunkel, er sollte so was nicht denken, denkt er und er bleibt stehen und er dreht sich um und schaut zum Ufer runter und das Feuer ist immer noch da, aber kleiner jetzt, nur noch ein kleines Feuer sieht er unten am Ufer brennen, ist das Feuer also schon runtergebrannt, denkt er, oder ist es ein anderes Feuer? kann es denn ein anderes Feuer sein? ja, es muss ein anderes Feuer sein, denkt er, das Feuer vorhin war sehr viel größer, ein mächtiges Feuer, denkt er und er schaut zu ihrem alten Haus hoch, zum Fenster, und da steht sie, klein, mit ihrem schwarzen Haar, sie steht da und schaut hinaus, sie, seine Frau, sie steht da und schaut aus dem Fenster, als wäre sie ein Teil des Fensters, denkt er, immer, immer wenn er sie sich vorstellt, sieht er sie im Fenster stehen, vielleicht hat sie das in der ersten Zeit noch nicht getan, aber später, all die Jahre lang hat sie da gestanden, denkt er, das ist seine Erinnerung an sie, klein, das schwarze Haar, die großen

Augen, und dann die Dunkelheit wie ein Rahmen um sie herum, denkt er und er schaut wieder zum Ufer und da unten am Ufer brennt ein kleines, gleichmäßiges Feuer, gleich unterhalb vom Bootshaus, und dann sieht er, und zwar deutlich, obwohl es dunkel ist, sieht er so deutlich, als wäre es lichter Tag, eine Frau, die einen kleinen Jungen im Arm hat, zum Feuer gehen und in der anderen Hand hat sie etwas Kleinholz, das sie auf das Feuer legt, und die Frau steht da und schaut in die Flammen, dann geht sie hin und nimmt einen Stecken, an dessen Ende ein Schafskopf steckt, durch den Hals geht der Stecken rein und zum Maul wieder heraus, und dann geht sie zum Feuer und hält den Stecken mit dem Schafskopf über die Flammen und während der kleine Junge in ihrem Arm baumelt, führt sie den Schafskopf in den Flammen vor und zurück und dann fängt die Wolle Feuer und lodert auf und versengter Gestank weht hoch, es stinkt, und dann taucht sie den Schafskopf am Ufer ins Wasser, bevor sie ihn wieder in den Flammen vor und zurück bewegt, wieder der versengte Geruch, und sie bewegt den Schafskopf in den Flammen vor und zurück.

Das ist Alise, denkt er und er sieht es, er weiß es. Das ist Alise. Sie ist Alise, denkt er, seine Ururgroßmutter, das weiß er. Sie ist Alise, nach der er getauft ist, das heißt wohl eher nach ihrem Enkel, Asle, der starb, als er sieben war, der in der Bucht hier ertrank, der Bruder von seinem Opa Olav, und er trägt seinen Namen. Aber sie ist Alise, Anfang zwanzig, denkt er. Und der Junge, er ist gut ein Jahr alt, das ist Kristoffer, sein Urgroßvater, der später der Vater von Opa Olav war und auch von dem Asle, nach dem er getauft ist, dessen Namen er trägt, der ertrank, als er erst sieben war, denkt er und dann sieht er, dass Kristoffer anfängt zu weinen, wie er in Alises Arm hängt, und sie legt den Stecken mit dem Schafskopf hin und setzt Kristoffer ab, ans Ufer, und er steht auf und steht unsicher da auf seinen kurzen Beinen und dann geht Kristoffer vorsichtig ein paar Schritte und bleibt stehen und geht noch einen Schritt weiter und dann fällt er auf die Seite und schreit los und Alise sagt nein, du, was stehst du denn auch auf, kannst du nicht ein bisschen still sitzen bleiben, sagt Alise und sie legt den Stecken hin und sie hebt Kristoffer hoch und drückt ihn sich fest an die Brust

Mein lieber kleiner Junge, mein kleiner lieber Junge, sagt
Alise

Wein jetzt nicht mehr, mein lieber kleiner Junge, sagt sie
und Kristoffer hört zu weinen auf, schluchzt noch ein
paarmal und hat sich dann wieder beruhigt und Alise
setzt ihn auf denselben Stein wie eben und sie nimmt
den Stecken mit dem Schafskopf wieder hoch und sengt
ihn weiter ab, führt ihn in den Flammen vor und zurück.
Und wieder steht Kristoffer auf. Und wieder macht er
einen vorsichtigen Schritt. Und dann noch einen. Und
Alise steht da, führt den Stecken mit dem Schafskopf in
den Flammen vor und zurück. Sie ist Alise. Das ist Alise,
denkt er und er sieht Alise da stehen mit ihrem schwarzen dichten Haar, auf ihren kurzen Beinen, mit ihrer
schmalen Hüfte. Sie ist Alise. Sie, die Mutter meines
Urgroßvaters, Kristoffer, der zwei Söhne hatte, Opa
Olav und Asle, nach dem ich getauft bin, der ertrank, als
er erst sieben war, der zu seinem siebten Geburtstag so
ein hübsches kleines Boot bekam und am selben Tag
ertrank, als er da unten in der Bucht mit dem Boot
spielte, denkt er und er sieht, wie Kristoffer voranstapft,

und es geht langsam, er setzt einen Fuß vor den anderen, steht eine Zeit lang da, dann macht er den nächsten Schritt, etwas schwankend, aber es geht voran und dann steht Kristoffer vor dem Haufen Schafsköpfe und er stippt mit dem Finger neugierig das Maul von einem der Schafsköpfe an und dann steckt er den Finger langsam in ein Nasenloch und zieht dann plötzlich die Hand zurück und dann steht er da und schaut den Schafskopf an, er schaut auf das eine Auge, und dann streckt er den Zeigefinger aus und fasst vorsichtig an das Auge und zieht den Zeigefinger jäh zurück und dann steht Kristoffer wieder da und schaut das Auge an und wieder stippt er mit dem Zeigefinger an das Auge und drückt auf das Lid und zieht es vor das Auge. Und dann steht Kristoffer da und schaut auf das Auge. Und Alise dreht sich um und kommt auf Kristoffer zugegangen, sie wedelt mit dem angesengten Schafskopf am Stecken und sie sagt musst du wirklich diese Schafsköpfe anschauen, die Wolle ist ganz voll Blut, lass das lieber sein, sagt Alise und dann geht sie zu einem Trog und streift an der Kante des Trogs den Schafskopf von dem Stecken ab und dann geht Alise zu dem Haufen Schafsköpfe und sticht die Spitze des Steckens in die Halsöffnung von dem Schafskopf, an dem Kristoffer eben das Lid heruntergezogen hat, und sie sticht zu und hebt den Schafskopf hoch und geht wieder zum Feuer und hält den Schafskopf in die Flammen und der scharfe Gestank breitet sich aus und Alise sagt nein, gut riecht das nicht gerade, was, mein Kleiner, sagt sie und sie hält den Schafskopf mit der brennenden Wolle ins Wasser und es zischt und Kristoffer schrickt zusammen und er schaut erschrocken die Schafsköpfe an, die da vor ihm liegen, und er sieht, dass sie still liegen wie vorher und er steckt einem den Zeigefinger ins offene Maul und berührt kurz die Zunge und dann fasst er die Zähne an

Nein, jetzt lass aber mal die Schafsköpfe in Ruhe, sagt Alise

Die sind nicht dafür da, dass du in ihnen rumpopelst, sagt sie

Sei jetzt brav, Junge, sagt sie

und Kristoffer zieht die Hand zurück und er schaut Alise an und dann sieht Kristoffer das hübsche braune,

fast schwarze Boot da liegen, mitten in all dem blauen
Wasser, und dann geht er einen Schritt und noch einen
auf den Bootssteg, und er geht schneller und schaut zu
dem Boot, schwarz und hübsch in dem blauen Wasser,
und Kristoffer läuft jetzt fast los und dann ist er am
Rand vom Bootssteg und dann geht er noch einen
Schritt weiter und er ist in der freien Luft und dann liegt
er im Wasser
Kristoffer, Gott bewahre!, ruft Alise
und Alise lässt den Schafskopf Schafskopf sein und den
Stecken Stecken und ist mit einem Satz auf dem Boots-
steg und legt sich flach an den Rand und sie streckt den
Arm aus und sie greift blindlings ins Wasser und kriegt
Kristoffers Fuß zu fassen und packt zu und sie zieht den
Fuß auf sich zu und dann kriegt sie einen Arm zu fassen
und zieht Kristoffer mit einem Ruck auf den Bootssteg
Was machst du denn für Sachen, sagt Alise
Einen Augenblick lass ich dich aus den Augen, und
schon hüpfst du ins Wasser, sagt sie
Nicht zu glauben, sagt sie
Also wirklich, sagt sie

und Alise hebt Kristoffer, der auf einmal lauthals zu
schreien anfängt, hoch und drückt ihn sich an die Brust
und dann geht sie rasch auf das Botshaus zu

Das Wasser ist so kalt, ich muss dich ins Haus schaffen,
dass du dich nicht verkühlst, sagt Alise

Dass du mir ja nicht krank wirst, mein Kleiner, sagt sie

Mein süßer Kleiner, du darfst deiner Mama nicht krank
werden, nein, sagt sie

Mein lieber kleiner Junge, mein Kristoffer, sagt sie

und Alise streichelt Kristoffer den Rücken und er hat
angefangen zu schlottern, immer wieder geht das Zittern
durch seinen Leib

Du darfst nicht frieren, sonst holst du dir noch den Tod,
kleiner Kristoffer, sagt Alise

Nein, nein, sagt sie

Dass du dir nur nicht den Tod holst, mein lieber Kleiner,
sagt sie

und er sieht, wie er da auf dem Hausweg steht, dass
Alise auf ihn zugegangen kommt, Kristoffer an die Brust
gedrückt, kommt sie gegangen und das schwarze Haar
dicht ums Gesicht, und ihre großen Augen, und Alise

geht so schnell sie kann auf ihren kurzen Beinen und Kristoffer weint vor Schreck und dazu diese Dunkelheit und dazu dieser Wind und dieser Regen, und jetzt muss er aber mal schnell ins Haus, denkt er, er kann doch nicht hier auf dem Hausweg stehen und nicht ins Haus gehen, in sein eigenes Haus, wo er sein Lebtag lang gewohnt hat, in sein altes Haus, denkt er und er sieht Alise an sich vorbeigehen und dann schaut er ihr nach auf ihren Rücken, auf den Rücken von Alise, seiner Ururgroßmutter, das ist sie, das ist Alise, er sieht, dass sie hastig um die Hausecke geht, das schwarze Haar lang über den Rücken, die schmalen Hüften, die kurzen, dünnen Beine. Das ist Alise. Das ist seine Ururgroßmutter, wohl zwanzig Jahre alt, denkt er, und das ist sein Urgroßvater, Kristoffer, wohl gegen zwei Jahre alt, den sie sich an die Brust drückt. Und er geht auch um die Hausecke und er sieht, dass Alise, Kristoffer an die Brust gedrückt, durch die Haustür in sein altes Haus geht und er sieht, wie die Tür wieder zugeht und sie sieht, wie sie da auf der Bank liegt, dass die Flurtür aufgeht, und dann sieht sie eine kleine Frau mit langem schwarzem Haar

und großen Augen hereinkommen, die Frau drückt sich
einen kleinen Jungen an die Brust und sie geht hastig
durch die Stube und dann setzt sie den Jungen neben ihr
auf den Rand von der Bank und dann zieht die Frau dem
Jungen die Hose aus, den Pullover, ganz nackt zieht sie
ihn aus und dann legt sie ihn auf die Bank neben sie und
die Frau streichelt ihm immer wieder über den Rücken
Ja, ja, mein lieber Kleiner, gleich ist dir wieder warm,
sagt die Frau
Mein lieber kleiner Kristoffer, jetzt musst du bald nicht
mehr frieren, sagt die Frau
Bald ist es wieder gut, sagt sie
Jetzt streichelt dich die Mama, bis dir wieder warm ist,
mein Kleiner, sagt sie
und Alise streichelt Kristoffer immer wieder über den
Rücken und sie sieht, dass Alise aufsteht, und sie schaut
Kristoffer an, der neben ihr auf der Bank liegt, er ist
nass, schluchzt ein bisschen, Kälteschauer gehen durch
seinen Körper, und sie sieht Alise die Tür zur Kammer
aufmachen und hineingehen und dann kommt Alise
wieder herein und sie trägt eine Wolldecke und dann

kommt Alise zur Bank und breitet die Decke über
Kristoffer und dann setzt Alise sich auf den Rand von
der Bank und streichelt Kristoffer immer wieder über
den Rücken, streichelt ihm immer und immer wieder
über den Rücken

So, mein lieber kleiner Kristoffer, bald ist dir wieder
warm, kleiner Kristoffer, sagt Alise

Mein lieber kleiner Junge, mein Kristoffer, sagt sie

Fällst du einfach ins Wasser, bist so klein und fällst schon
ins Wasser, aber zum Glück ist deine Mama da gewesen,
was, sagt sie

und sie sieht, wie Alise Kristoffer immer wieder über
den Rücken streichelt, und sie schaut zum Fenster und
sie sieht sich selber dort stehen und hinausschauen und
immer steht sie da, warum muss sie immer da stehen?
gibt es einen Grund dafür, dass sie immer da steht?,
denkt sie und dann hört sie, dass Kristoffer jetzt wieder
gleichmäßig atmet, und sie sieht Alise aufstehen und
durch die Tür in die Küche gehen und sie schaut zu
Kristoffer und dann legt sie ihre Arme um ihn und dann
drückt sie Kristoffer an sich und sie streichelt ihm über

den Rücken und dann streichelt sie ihm leicht übers Haar und dann sieht sie wieder sich selber am Fenster stehen und hinausschauen, und jetzt hat sie so lange da gestanden, fast ohne sich zu bewegen hat sie am Fenster gestanden, denkt sie, und sie denkt, wie sie da am Fenster steht, dass er jetzt aber bald mal zurückkommen müsste, warum kommt er nicht? es ist doch so kalt, Wind und Regen, warum kommt er nur nicht?, denkt sie, und da, da mitten auf dem Fjord, ist da nicht was? nein, nichts, sie hat es sich wohl nur eingebildet, oder?, denkt sie, aber jetzt muss sie wohl bald mal rausgehen und nach ihm Ausschau halten, denkt sie, sie kann nicht einfach nur so hier stehen, hier am Fenster, und er wird doch nicht am Ende doch mit dem Boot rausgefahren sein bei dem Wetter? ob er das getan hat? nein, das kann er nicht, denkt sie, aber da, unten am Ufer, sieht sie da nicht ein Feuer? nein, das kann nicht sein, an diesem dunklen Abend, Ende November, bei Regen und Wind, aber sie sieht dort trotzdem ein Feuer, oder?, denkt sie, doch, das ist ein Feuer und jetzt muss sie gehen und nach ihm Ausschau halten, ob sie nun will oder nicht, denkt sie und sie dreht sich um und tritt vom Fenster weg und sie denkt, jetzt muss sie aber bald losgehen und nach ihm Ausschau halten, und er denkt, jetzt muss er aber bald ins Haus gehen, denkt er, er steht draußen und schaut auf die Trittplatte vor der Haustür, groß und breit liegt sie da im Licht von der Außenlampe, und bei diesem Wetter darf er nicht draußen rumstehen, denkt er, Regen und Wind, und kalt ist es, zu kalt, um draußen zu sein, und was ist nur mit ihm los?, denkt er, warum geht er nicht einfach rein? was ist das, warum wartet er noch? was ist mit ihm?, denkt er und er macht die Haustür auf und die Türklinke ist lose, zwei Schrauben fehlen und die drei übrigen sind lose, er muss das richten, denkt er, aber es ist ja schon lange so, seit Jahren eigentlich, denkt er und er hat so oft gedacht, dass er das richten muss, denkt er, immer wieder hat er das gedacht, aber er macht es einfach nicht, wahrscheinlich machte er das erst, wenn die Türklinke abfällt und auf der Trittplatte liegt, denkt er und er geht in den Hausflur und die alten Wände drinnen legen sich um ihn und sagen etwas zu ihm, sie tun das wie immer, denkt er, es ist immer so, ob er es nun bemerkt und darüber nachdenkt oder nicht, die Wände sind da und es ist, als würden stumme Stimmen aus ihnen sprechen, eine große Zunge ist da in den Wänden und diese Zunge sagt etwas, das man mit Worten nicht sagen könnte, das weiß er, denkt er, es ist etwas von hinter den Worten, die man sonst so sagt, etwas in der Zunge der Wände, denkt er und er steht da und schaut die Wände an, nein, was ist heute nur mit ihn? warum ist er so?, denkt er und er legt eine Hand flach an die Wand und er spürt, dass die Wand etwas zu ihm sagt, denkt er, etwas, das sich nicht sagen lässt, aber das da ist, es ist einfach, denkt er und ihm ist fast so, als ob er einen Menschen berühren würde, denkt er, fast, als ob etwas gesagt würde, so wie etwas gesagt wird, wenn man einen Menschen berührt, denkt er und er streichelt und sein Streicheln ist fast wie eine Liebkosung, die Finger gleiten über die braune Wandverkleidung und dann hört er Schritte und er zieht die Hand zurück und dann sieht er, dass die Stubentür aufgeht und da steht sie in der Tür

Gut, dass du zu Hause bist, sagt Signe

Ich hab mir schon Sorgen gemacht, sagt sie

Ja, du weißt ja, wie ich bin, sagt sie

und er sagt, er ist nur ein bisschen spazieren gegangen,

die Landstraße lang, sagt er und er blickt zu Boden,

blickt hoch zu ihr, die da steht und die Tür aufhält, und

sie sagt, er ist doch wohl nicht auf dem Fjord draußen

gewesen und er sagt nein, nicht bei diesem Wetter,

zu viel Wind und Regen, und dunkel ist es auch, sagt er

Aber du, sagt Signe

und die Unruhe in ihrer Stimme mischt sich mit der

stummen Ruhe in der Stimme der Wand

Ja, sagt Asle

Aber du hast gesagt du willst, sagt Signe

Hab ich schon gesagt, aber ich habe mich anders ent-

schieden, ich bin nur ein bisschen die Landstraße lang-

gegangen, sagt Asle

und sie sagt das ist gut, weil, ja, ja, wenn es so windet wie

jetzt und so dunkel ist und so kalt, ja, er ist ja im Stande

und fährt auf den Fjord raus, egal was für ein Wetter ist,

sagt sie, aber es ist kalt und sie sollten die Wärme nicht

aus der Stube lassen, sie hat gut eingeheizt, sagt sie, er

soll jetzt reinkommen, sagt sie

Kann schon mal vorgekommen sein, sagt Asle

Was meinst du, sagt Signe

Ja, dass ich gesagt habe, ich gehe spazieren, dass zu viel

Wind und Regen ist, um auf den Fjord rauszufahren,

und dann hab ich es trotzdem gemacht, sagt Asle

Ja, das ist schon vorgekommen, sagt Signe

Aber heute nicht, sagt Asle

Gut, dass du jetzt zu Hause bist, sagt Signe

und er bleibt stehen, er weiß irgendwie nicht, was er mit

sich anfangen soll, denkt er

Ich mach mir Sorgen um dich, sagt Signe

Was hast du bloß, sagt sie

Komm schon, steh nicht so da, sagt sie

Ja, sagt Asle

und er schaut sie lieb an

Ich komme jetzt, sagt Asle

und er bleibt stehen

Es ist kalt hier, komm, wir gehen in die Stube, im Ofen

brennt ein schönes Feuer, sagt Signe

und dann nimmt sie leicht seine Hand und sie lässt sie

sofort wieder los und dann geht sie in die Stube und wie

sie da auf der Bank liegt, sieht sie sich selber in die Stube kommen und dann sieht sie ihn hereinkommen und sie sieht, dass gleich hinter ihm auch Alise hereinkommt, und auch sie geht in die Stube und dann sieht sie sich selber zum Ofen gehen und ein Holzscheit nehmen und sie sieht sich selber, wie sie sich bückt und er schaut zu ihr, wie sie gebückt vor dem Ofen steht, und dann legt sie das Scheit schräg in die Flammen und in diesem Augenblick sieht er, dass jetzt Alise ein Holzscheit in den Ofen steckt, es ist nicht mehr Signe, es ist Alise, seine Ururgroßmutter, jetzt steht sie da vorm Ofen und steckt ein Holzscheit schräg hinein und ihr schwarzes Haar glänzt und auf der Bank hinten in der Ecke sieht er Kristoffer liegen, in eine weiße Wolldecke gehüllt, und dann sieht er Alise hingehen und sie setzt sich auf den Rand von der Bank und legt Kristoffer die Hand auf die Stirn

Du wirst doch kein Fieber haben, kleiner Kristoffer, sagt Alise

Ein bisschen warm bist du schon, sagt sie

Schlaf schön weiter, mein Kleiner, sagt sie

und er sieht Kristoffer nicken und dann schaut er zu ihr,
die vorm Ofen steht und in die Flammen schaut
Du stehst da und schaust in die Flammen, ja, sagt Asle
Mach ich, ja, sagt Signe
und er sieht, dass sie weiter da steht und in die Flammen
blickt und er sieht, wie die Flammen sich um das Holzscheit sammeln und darauf losgehen, und dann, ziemlich
bald, ist das Scheit ein Teil der Flammen geworden und
er blickt zum Fenster und er sieht, dass die Flammen
sich im Fenster spiegeln und sich mit der Dunkelheit
draußen vermischen und mit dem Regen, der an der
Scheibe herunterläuft, und dann hört er den Wind
Scheußlich, dieser Wind, sagt Signe
Ja, es hat aufgefrischt, sagt Asle
und er schaut zu der Bank und er sieht, dass Alise sich
auf die Bank legt und die Arme um Kristoffer legt, ihn
an sich drückt und ihn wiegt
Diese Herbststürme werden immer schlimmer, sagt Asle
In den letzten Jahren sind die immer schlimmer geworden, sagt er
Aber so was ist eben jedes Jahr anders, sagt er

Früher war es jedenfalls nicht so schlimm, sagt er

und er geht zum Fenster und stellt sich hin und schaut

hinaus und er sagt jetzt bläst es so, dass er Angst um das

Boot bekommt, ob das auch gut genug festgemacht ist,

sagt er, vielleicht sollte er mal runtergehen und nach dem

Boot schauen, sagt er und sie sagt nein, bei dem Wetter,

ob das denn wirklich sein muss, sagt sie, er hat das Boot

sicher gut genug festgemacht, sagt sie und er sagt wahr-

scheinlich schon, und dann wackeln die Wände

Au, das war eine Windbö, sagt Signe

Unglaublich, wie das aufgefrischt hat, sagt Asle

Ich muss wohl doch nach dem Boot schauen, sagt er

Nein, muss das denn wirklich sein, sagt Signe

Schaden wird es nicht, sagt Asle

Aber sei vorsichtig, sagt Signe

und er geht näher ans Fenster heran und er versucht

rauszuschauen und er sieht nichts als die Dunkelheit und

den Regen, der an die Scheibe prasselt, und er sagt ich

geh dann mal

Ja, aber komm gleich wieder rein, sagt Signe

Ich schau nur schnell nach dem Boot, sagt Asle

Und ich bin gut angezogen, das weißt du ja, sagt er

Einen guten Pullover hast du gestrickt, sagt er

und er lächelt ihr zu und sie sieht ihn zur Flurtür hinausgehen und die Tür hinter sich zumachen und sie sieht,
wie sie auf der Bank liegt, sich selber mitten in der Stube
stehen bleiben und warum muss sie immer sich selber
sehen?, denkt sie und sie sieht, dass Alise sich aufsetzt
am Rand von der Bank und sie zieht ihren Kittel hoch
und dann nimmt Alise Kristoffer und legt ihn sich an die
Brust und er sperrt den Mund auf und sucht und findet
die Brustwarze und dann saugt er und saugt und sie
sieht, dass Alise ihm über das schwarze Haar streichelt,
und dann sieht sie sich selber zum Fenster gehen und sie
sieht sich dort stehen bleiben und hinausschauen und
sie denkt, wie sie da auf der Bank liegt, warum ist er fort
geblieben? was ist nur aus ihm geworden? warum ist er
verschwunden, fortgeblieben, denkt sie, er war immer
hier, und dann ist er einfach verschwunden, und sein
Boot, denkt sie, das haben sie gefunden, leer, an einem
dunklen Herbstabend Ende November, vor vielen
Jahren, dreiundzwanzig Jahre sind das jetzt schon, 1979

war das, an einem Dienstag, er kam nicht wieder, und sie dachte damals nur, dass er aber lange auf dem Fjord blieb, denkt sie, er würde bald zurückkommen, dachte sie, aber die Stunden vergingen, eine nach der anderen, nein, sie kann nicht daran denken, es tut immer noch so weh, denkt sie, nein, sie will nicht mehr daran denken, denkt sie, er ist fort, er kommt nie wieder, sie ging ja noch raus, Ausschau nach ihm halten, stand da auf dem Bootssteg, im Dunkeln, im Regen, im Wind, stand nur da, wartete, er musste doch bald kommen? warum kam er nicht? aber er ist nie, nein, sie kann nicht daran denken, er ist nie wiedergekommen, nur das Boot, das lag am Tag danach in der Bucht am Ufer und schlug gegen die Steine, und es war leer, nein, sie darf nicht daran denken, denkt sie, er ist nie wiedergekommen, ist verschwunden, ist fort, sie haben ihn gesucht, das ja, aber nein, sie kann nicht daran denken, diese Suche, tagelang, das Gesuche im Wasser, und dann das Boot, leer, da am Ufer, von den Wellen an Land gespült, und dann die beiden Jungs vom Nachbarhof, die das Boot später verbrannt haben, das war schon ganz in Ordnung, denkt sie, denn was sollte das Boot da zertrümmert am Ufer liegen, und sie hätte nichts damit anfangen können, nein, das Boot lag da einfach, ein Jahr lang vielleicht, und dann kamen die beiden Jungs vom Nachbarhof und fragten, ob sie das Boot als Johannisfeuer verbrennen durften, und sie hat es erlaubt, denkt sie, und dann haben die Nachbarsjungs das Boot verbrannt und dann war auch das Boot fort und sie darf nicht mehr daran denken, sie hält es nicht aus, denkt sie, sie kann nicht mehr daran denken, denkt sie, und sie hat nie so ganz begriffen, was in ihm vorging, schon ganz von Anfang an nicht, als sie sich kennen lernten, denkt sie, vielleicht lag es auch daran, dass sie sich ihm so nah gefühlt hat, schon vom ersten Blick an, als er auf sie zukam damals mit seinem schwarzen langen Haar, ab da und bis heute, oder jedenfalls bis er verschwand, die ganze Zeit waren sie so eng beieinander, denkt sie, und warum war das so? warum hängen zwei so aneinander? oder zumindest sie an ihm, und er, ja, er hing ja auch an ihr, nur vielleicht nicht so sehr wie sie an ihm, aber gut, ja, sie hingen jedenfalls aneinander, so war das, natürlich, er an ihr, sie an ihm, aber vielleicht hing sie mehr an ihm als er an ihr, das kann schon sein, aber ändert das was? nein, warum denkt sie so was?, denkt sie, denn er ist ja bei ihr geblieben, er ging nicht weg, er blieb hier bei ihr, die ganze Zeit, bis er so plötzlich verschwand, denkt sie, er war bei ihr, vom ersten Mal, dass sie ihn ankommen sah und er da stand und sie sich einfach nur anschauten, einander zulächelten, als ob sie alte Bekannte wären, als ob sie sich schon immer kennen würden irgendwie, aber sich so unendlich lange nicht mehr gesehen hätten und sich darum so riesig freuen würden, dieses Wiedersehen machte beide dermaßen froh, dass die Freude die Führung übernahm, sie führte sie aufeinander zu, als hätte ihnen das ganze Leben lang etwas ganz Wichtiges gefehlt und jetzt wäre es da, endlich, jetzt war es da, so fühlte sich das an, als sie sich zum ersten Mal sahen, so ganz zufällig war das, und es war nicht schwierig, nicht erschreckend, nein, es war ganz selbstverständlich, als ob es gar nicht anders ging, als ob es vorbestimmt war, so war das irgendwie, und was sie dann tat oder nicht tat, machte sozusagen gar keinen Unterschied mehr, alles ging, wie es vorbestimmt war und gehen sollte, denkt sie, ja, ja, so war das, daran war gar nichts zu ändern, auch wenn es seine Zeit dauerte, er war nicht gerade ein Hitzkopf, und sie auch nicht, und sie brauchten es auch gar nicht zu sein, es war da, es war, wie es war, ob sie nun etwas unternahmen oder nicht, denkt sie, aber irgendwann, ja, da kam ein Brief von ihm und er schrieb, wie schwierig es gewesen war, ihre Adresse herauszu-finden, und etwas über das Alltagsleben, nicht unbedingt mehr als das, nur ein paar Worte, wenige Worte, aber genügt haben sie doch, mehr muss ja auch gar nicht sein, und sie hat geantwortet, natürlich hat sie das, es ist ihr ein bisschen peinlich, an die Briefe zu denken, die sie ihm geschrieben hat, denn er neigte zwar nicht zu gro-ßen Worten, dafür aber sie, sie schrieb große Worte, aber daran will sie nicht denken, denn wenn er etwas nicht leiden konnte, dann waren das große Worte, große Worte verfälschten und verbargen nur, fand er, sie ließen das, was war, nicht sein und leben, sondern nahmen es weg und taten es in etwas, das irgendwie größer sein wollte, so dachte er und so war er, er mochte das, was nicht groß sein wollte, denkt sie, im Leben, in allem, und so war das auch mit seinem Boot gewesen, dem kleinen Holzboot, dem kleinen Ruderboot, das dieser, na, dieser Johannes in der Bucht gebaut hatte, so hieß der, der alte Mann, und man konnte beiden nicht so ganz trauen, dem Bootsbauer und dem Boot, und vielleicht, aber daran darf sie nicht denken, denkt sie und sie sieht sich selber da am Fenster stehen und hinausschauen und dann sieht sie, wie sie da auf der Bank liegt, dass Alise sich Kristoffer von der Brust nimmt und er jammert ein bisschen und dann schläft er in Alises Armen ein und dann sieht sie, dass Alise sich den Kittel wieder runter-zieht, und Alise steht auf, Kristoffer im Arm, und sie macht die Tür zur Kammer auf und schließt die Tür hinter sich wieder und dann schaut sie zu sich selber hin zum Fenster, da steht sie und schaut hinaus und jetzt kann sie nicht mehr hier stehen, denkt sie, wie sie am Fenster steht, sie kann nicht immer nur hier am Fenster stehen, er kommt einfach nicht zurück, sie muss etwas unternehmen, sie muss sich hinsetzen, Holz nachlegen, hier stehen bleiben kann sie jedenfalls nicht mehr, denkt sie, denn jetzt kommt er sicher bald wieder nach Hause, denkt sie, ja, natürlich, das Wetter ist zu schlimm, er will gar nicht länger draußen sein und er kann ja auch nicht bis in die Nacht auf dem Fjord draußen bleiben, wenn man sich nur auf dieses Boot verlassen könnte, dieser Bootsbauer da, der alte Mann, der war nie so ganz gesund und bei Kräften, wie soll man das auch, wenn man sein Lebtag lang dasteht und Boote zusammen-nietet, diese Nieterei tagaus, tagein, und dann wird es irgendwann ein Boot, ein kleines Holzboot, ein Ruder-boot, fünfzehn Fuß lang, höchstens sechzehn, schmal und vorn und hinten spitz und dünn ist es, ein dünner Rumpf zwischen dem, der im Boot sitzt, und dem Wasser, den Wellen, dem so schrecklich tiefen Fjord, unendlich tief ist er, über tausend Meter sind es von hier oben gemessen, hier oben, wo es hell ist und dunkel und luftig, und dann geht es immer tiefer und tiefer hinunter in den Fjord, bis eine Art Boden kommt. Und diese dünnen Bootswände, drei Brett hoch auf jeder Seite, zwischen dem, der im Boot sitzt, und dem Wasser und der großen Dunkelheit unter ihm, und dann noch die

Wellen, wie damals, als sie mit ihm im Boot gesessen hat und eine Welle ins Boot geschlagen ist, nein, nein, daran darf sie gar nicht denken, denkt sie und sie sieht den Regen an der Fensterscheibe hinunterlaufen und sie kann draußen nichts erkennen, nur die Dunkelheit ist zu sehen und dann ist da dieser Wind, er weht unentwegt, dass es heute noch so ein Wetter geworden ist, heute früh war doch alles noch so ruhig und braun und lang-sam, aber jetzt bläst und regnet es, wirklich schlimm, denkt sie, und wenn er doch nur bald kommen würde, dieses Warten, immer dieses Warten, es muss ihr ja gefallen, sie wartet wahrscheinlich gern, denkt sie und sie sieht, wie sie auf der Bank liegt, sich selber durch die Stube gehen, zur Flurtür hin, und sie sieht sich stehen bleiben, sie steht mitten in der Stube und starrt leer vor sich hin und das, also dass sie immer sich selber sehen muss, denkt sie, kann sie damit nicht mal aufhören, dass alles, was früher da war, immer da ist, aber so ist es, ja, ja, es hilft nichts darüber nachzudenken, denkt sie und dann sieht sie ihn vor sich, wie er auf sie zugegangen kommt, dieser etwas gebeugte Gang, das lange schwarze

Haar, ganz unvermittelt war er da, ganz einfach so, und es war, als ob er immer dagewesen wäre, und jetzt und ja, weil das eben so war und nichts daran zu ändern war, es war, als ob es ganz unmöglich wäre davon wegzukommen, denn versucht hat sie es ja, ja, natürlich, hat sich das und das ausgedacht und das und das getan, aber sie hingen immer fester aneinander, als könnte kein Wille etwas dagegen ausrichten, und ihm ging es genauso, er wollte es und wollte es auch wieder nicht, er versuchte sich freizumachen, so gut er konnte, aber dann, ja, dann kam alles so, wie es kam und wie es wohl immer gewesen ist, denkt sie und sie kann nicht nur hier liegen bleiben, denkt sie, sie muss auch mal aufstehen, muss etwas tun, sie kann nicht nur immer hier auf der Bank liegen, denkt sie und sie sieht sich selber da in der Stube stehen und leer vor sich hin starren und dann sieht sie sich selber zur Flurtür gehen und die Klinke anfassen und sie sieht sich da stehen, die Türklinke in der Hand, und sie denkt, wie sie da steht, die Hand an der Klinke, warum kommt er nicht? immer nur warten, warten, er bleibt so lange weg, wenn er doch bald kommen würde, denkt sie

und sie lässt die Klinke los und wie sie da auf der Bank
liegt, sieht sie sich selber wieder zum Fenster gehen und
dort stehen bleiben und dann steht sie wieder dort und
schaut aus dem Fenster und sie denkt, jetzt muss er aber
bald kommen und er denkt mein Gott, wie grob die See
jetzt geht, und mein Gott, wie hoch die Flut steht, denkt
er, wie er da auf dem Bootssteg steht, ein fürchterliches
Wetter ist es jetzt, denkt er, die Flut steht hoch, jedes
Mal, wenn eine Welle kommt, überspült sie den Bootssteg und seine Stiefel, und sein Boot schaukelt draußen
im Seegang auf und ab, so hoch wippt das Boot, als
würde es gleich umschlagen, und so tief hinab, als würden die Wellen gleich über die Dollborde spülen, in das
Boot, so tief geht es hinunter, und dann schießt es wieder
hinauf, immer wieder, immer wieder, und wenn die See
noch bewegter wird, dann geht das nicht gut, glaubt er,
und er dreht sich um und er denkt, er geht wohl besser
wieder nach Hause, er kann hier nichts ausrichten,
so oder so nicht, denkt er, oder ist das Wetter vielleicht
doch nicht ganz so schlimm? ja, es ist ziemlich viel
Wind, aber macht das was? und das Boot ist ja gut, es

hält dem Wetter sicher stand, denkt er, da könnte er heute doch ein bisschen auf den Fjord rausfahren, denn das Boot ist gut, das ist es, denkt er, das hält auch diesen Wellen stand, denkt er, warum eigentlich nicht? warum sollte er nicht ein bisschen rausfahren? denkt er und er geht ans Ende vom Bootssteg und die Wellen spülen über seine Stiefel und er löst die Vorleine und fängt an das Boot heranzuziehen, nur ein bisschen rausfahren, eine kleine Fahrt in Wellen, Wind und Regen und in der Dunkelheit, denkt er und er muss aufpassen, dass das Boot nicht gegen den Steg schlägt, denkt er und er zieht das Boot vorsichtig heran und dann kann er mit der Hand den Vordersteven fassen und einen Fuß vorn ins Boot setzen und dann den anderen Fuß und jetzt ist er an Bord und die Wellen schaukeln ihn und das Boot auf und nieder und er drückt sich vom Steg ab und nimmt ein Ruder und er stößt sich mit dem Ruder vom Steg ab und löst die Heckleine auch und das Boot schaukelt in der Dunkelheit auf und ab und er setzt sich auf die mittlere Ruderbank und legt die Ruder aus und er rudert mit aller Kraft gegen die Wellen und es geht gut, das Boot

schaukelt auf den Wellen auf und ab und er rudert mit
aller Kraft und das Boot kommt in Fahrt, schwer und
langsam, auf und ab, auf den Wellen, auf und ab, es geht
voran, langsam, aber sicher bewegt das Boot sich auf den
Fjord hinaus, immer weiter, im Wind, im Regen, und
obwohl die Dunkelheit dicht um ihn herum liegt, ist es
auf eine seltsame Art und Weise doch nicht dunkel,
denkt er, denn der Fjord glitzert schwarz, und so kalt ist
es nun auch wieder nicht, er hat ja seinen dicken schwarzen Pullover an und vom Rudern wird ihm auch warm,
denkt er und er schaut über die Schulter hinter sich und
dort, da hinten, ungefähr in der Mitte vom Fjord, ist das
nicht ein Feuer? doch, ist es! also so was, wie kann das
sein?, denkt er und er lässt die Ruder sinken und sofort
tragen die Wellen ihn so schnell auf das Land zu, dass
er weiterrudert, und er schaut hinter sich und tatsächlich, denkt er, da ist ein Feuer, es sieht jedenfalls aus wie
ein Feuer, und zwar wie ein großes, und ja, ja, da draußen brennt ein Feuer, mitten auf dem Fjord, denkt er
und er rudert weiter und schaut zum Ufer und da, an
Land, steht da nicht die Oma? steht da nicht die Oma

und schaut über den Fjord? nein, aber so was!, denkt er,
nein, jetzt begreift er gar nichts mehr, denkt er und
legt sich in die Ruder und jetzt will er nur noch dahin
rudern, wo irgendwie dieses Feuer ist, denkt er, und sie
steht jetzt sicher am Fenster und wartet auf ihn und er
denkt, er liebt sie ja so sehr, und sie denkt, jetzt muss sie
rausgehen und nach ihm Ausschau halten, denkt sie da
am Fenster, wo sie in die Dunkelheit hinausschaut, und
dass sie so ist, dass sie immer hier am Fenster stehen
muss, denkt sie und sie schaut hinaus in die Dunkelheit
und sie sieht ein Feuer, da mitten auf dem Fjord, ein lila
Feuer, jetzt ist ein lila Feuer mitten in der Dunkelheit auf
dem Fjord, denkt sie und sie sieht, wie der Regen an der
Fensterscheibe hinunterläuft, und er bleibt so lange weg,
denkt sie, und sie sollte wohl rausgehen und nach ihm
Ausschau halten?, denkt sie, jetzt sollte sie rausgehen,
sie muss nach ihm Ausschau halten, oder?, denkt sie,
warum kommt er bloß nicht? er bleibt sonst doch selten
so lange auf dem Fjord? doch, doch, oft, das ist schon
oft vorgekommen, warum macht sie sich solche Sorgen?
nichts ist ungewöhnlich, alles ist wie immer, nichts

Besonderes heute, denkt sie, aber seltsam ist es doch, und was soll sie tun, wenn er nicht kommt? sie kann doch schon mal rausgehen und nach ihm Ausschau halten, denkt sie, zum Bootshaus runtergehen, auf den Bootssteg, aber es ist so scheußliches Wetter, es regnet und windet, es ist Spätherbst, Ende November, und es ist kalt, ein Dienstag Ende November, und er kommt sicher bald, sie macht sich bloß Sorgen, denkt sie, aber, ja, sie kennt sich, sie muss sich zusammenreißen, denkt sie, alles ist in Ordnung und er kommt sicher bald, denkt sie, sie macht sich unnötig Sorgen, das ist nur, das ist, nein, denkt sie, sie sollte nicht einfach hier herumstehen, sie kann doch rausgehen, zum Fjord runter, und nach ihm Ausschau halten, denkt sie und sie sieht, wie sie da auf der Bank liegt, sich selber zur Flurtür gehen und sie macht sie auf und als die Tür offen ist und sie sich selber hinausgehen sieht, sieht sie einen Jungen reinkommen und sie sieht, dass die Tür wieder geschlossen wird, und dann sieht sie den Jungen zum Fenster gehen und dann steht er da und schaut aus dem Fenster und der Junge mag wohl so sechs oder sieben Jahre alt sein, denkt sie, ein kleiner Knirps ist das, denkt sie und dann sieht sie

die Flurtür aufgehen und ein Mann, lang und dünn ist er,

schlaksig, er hat langes schwarzes Haar und einen

schwarzen dünnen Bart, kommt herein und dann steht

er da und versucht sozusagen streng zu gucken und er

hat eine Hand hinter dem Rücken verborgen und dann

kommt eine Frau, klein, dunkel, dünn, mit langem

schwarzem Haar herein, ein bisschen ähnelt sie ihr sel-

ber, und sie macht die Tür hinter sich zu und der Mann

mit dem Bart zwinkert der Frau zu und beide, Mann

und Frau, schauen zu dem Jungen und er dreht sich zu

ihnen um und schaut sie mit großen Augen an und beide

lächeln ihm zu

Asle, sagt die Frau

Ich glaube, Papa Kristoffer hat was für dich, heute

wirst du sieben Jahre alt, heute ist dein Geburtstag, der

17. November, sagt sie

Ja, heute ist der 17. November 1897, genau, wie Brita es

sagt, sagt Kristoffer

und Asle schaut sie scheu und neugierig an

Ja, es ist genau so, wie Brita sagt, sagt Kristoffer

und Kristoffer legt Brita den freien Arm um die Schultern und dann zieht Kristoffer auf einmal die Hand
hinter seinem Rücken hervor und in der Hand hat er ein
Boot, ein kleines Ruderboot, einen halben Meter lang,
mit Dollborden und Rudern und Ösfass und allem, was
dazugehört, und er hält Asle das Boot hin
Herzlichen Glückwunsch zu deinem siebten Geburtstag, Asle, sagt Kristoffer
Ein so großer und lieber Junge wie du, Asle, der muss
einfach ein Boot haben, sagt er
Ja, du bist ein lieber Junge, Asle, sagt Brita
und Asle geht zu Kristoffer, der ihm das Boot hinhält,
und Asle nimmt das Boot und er steht da und schaut es
an und dann streckt Kristoffer ihm die Hand hin und
Asle nimmt die Hand und Kristoffer schüttelt ihm die
Hand mit einer langsamen Bewegung auf und ab und
Asle steht da und schaut das Boot an
Das ist ein richtig gutes Boot, sagt Kristoffer
Schau mal, mit Dollborden und Bodenbrettern und
Rudern und Ösfass und allem, sagt er
Und so schön weiß gestrichen und es riecht ein bisschen

nach Teer, genau wie ein neues Boot riechen soll, sagt
Brita

Kristoffer hat dir ein richtig schönes Boot gebaut, sagt
sie

Weil du so ein tüchtiger Junge bist, Asle, sagt Kristoffer

Du hast es selber gebaut, sagt Asle

und Kristoffer sagt ja, das hat er, denn als er jung war,
das ist schon lange her, da ist er bei einem Bootsbauer in
die Lehre gegangen, besonders viele Boote hat er da
zwar nicht gebaut, aber das Bootsbauerhandwerk hat er
gelernt, jawohl, sagt er und dann macht Kristoffer einen
Schritt auf Asle zu, der dasteht und immer nur das Boot
anschaut, und legt ihm den Arm um die Schultern

Ich will das Boot gleich jetzt ausprobieren, sagt Asle

Ja, die Wellen sind heute nicht zu hoch, denke ich, sagt
Kristoffer

Aber sei vorsichtig, sagt Brita

Vorsichtig musst du sein, sagt sie

Asle ist vorsichtig, das weißt du ja, sagt Kristoffer

und Asle steht da und schaut auf sein Boot und dann
geht er durch die Flurtür hinaus und Kristoffer nickt

Brita zu und sie lächelt ihn an und dann sieht sie, wie sie da auf der Bank liegt, dass Brita durch die Tür in die Küche geht und Kristoffer geht ihr hinterher und macht die Tür zu und dann sieht sie sich selber durch die offene Flurtür hereinkommen und sie hat einen Regenmantel angezogen und sie sieht sich selber in der Tür stehen bleiben und in die Stube schauen und dann sieht sie sich selber hinausgehen und die Tür hinter sich zumachen und sie denkt, wie sie da im Flur steht, so spät, nein, so spät ist er noch nie dran gewesen, es ist doch bald Nacht und er ist noch nicht zu Hause, jetzt muss sie nach ihm Ausschau halten, sie muss zum Bootshaus runtergehen, zum Steg, sie muss runtergehen und nach ihm schauen, denn dieser Wind, dieser Regen, diese Dunkelheit und dass er immer noch nicht zurück ist, denkt sie und sie geht zur Haustür hinaus und der Wind weht, es regnet, die Dunkelheit ist schwarz und es ist so kalt und sie muss die Haustür fest zudrücken, so ein Wind geht, sie drückt, sie kriegt die Tür zu, und dann steht sie draußen unter der Außenlampe, auf der Trittplatte vor der Tür, und sie hört die Wellen, den Regen, und wieder die

Wellen, und es ist so kalt, und sie kann nicht einfach nur hier stehen, denkt sie, sie ist ja rausgegangen, weil sie zum Ufer runtergehen und Ausschau halten, vielleicht nach ihm rufen will, aber kann sie einfach so in der Dunkelheit stehen und nach ihm rufen? geht so was? nein, das kann sie wohl nicht machen, das geht nicht, nein, wirklich, denkt sie und sie geht vom Haus weg und geht um die Hausecke, bleibt stehen und steht da und schaut den Hausweg hinunter und kommt er da nicht den Hausweg herauf? doch, das muss doch er sein, oder?, denkt sie, und das ist aber gut, er kommt den Hausweg herauf, in dieser schwarzen Dunkelheit kann sie ihn sehen, denkt sie, ach, das ist aber gut, aber was denn, da auf dem Hausweg, nein, der da kommt, das ist nicht er, das ist ja eine Frau, und sie trägt ein Kind in den Armen, wie es aussieht, und das Kind in ihren Armen ist schon groß, was ist denn das?, denkt sie, was ist passiert? und sie kann ganz deutlich sehen, als ob heller Tag wäre, nein, das kann sie nicht begreifen, denkt sie, und sie sieht die Frau auf sich zukommen und sie trägt tatsächlich einen Jungen in den Armen und sie drückt den Jungen an sich, und die Frau geht so rasch, und der Junge, ist der Junge etwa tot? die Frau kommt auf sie zugegangen und trägt einen Jungen in den Armen, und der Junge ist leblos, seine Kleider sind nass, sein Haar ist nass, und in den Augen von der Frau, da blitzt etwas wie ein gelber Sonnenstrahl vor Verzweiflung, was ist das? was ist das bloß?, denkt sie und die Frau, sie hat schwarzes langes dickes Haar, bleibt auf dem Hausweg stehen und dann steht sie da und drückt den Jungen an sich und die Frau steht einfach da, mitten auf dem Hausweg, mit gebeugtem Kopf, den Jungen in den Armen, und sie schaut zu der Frau, die da steht, ganz reglos, und dann hört sie eine Stimme rufen, was ist denn?, und sie schaut zum Ufer runter und dort, auf dem Pfad vom Bootshaus hoch, sieht sie einen Mann, dünn und groß ist er, schlaksig, und er hat schwarzes langes Haar, einen dünnen schwarzen Bart, er kommt heraufgelaufen und in der einen Hand hat er Fische, mit einer Schnur durch die Kiemen gebündelt, und ein Teil von seinem langen Haar ist ihm vors Gesicht gefallen

Was ist los, Brita?, ruft der Mann

Was ist passiert, was ist mit Asle?, ruft er

und der Mann rennt herbei und sie sieht Britas schwar-

zes Haar, ihr dickes schwarzes Haar hängt herab und

deckt Asle in ihren Armen zu und dann fängt Brita an

Asle und sich vor und zurück zu wiegen und dann ist

der Mann bei Brita und er breitet die Arme aus und legt

sie um Brita und Asle und dann steht er da und hält sie

beide umarmt und unter Asles Rücken baumeln die

Fische an der Schnur und das schwarze lange Haar des

Mannes fällt über Britas Haar und über Asle und sie

stehen nur da, reglos, die Zeit vergeht und sie stehen da,

denkt sie, stehen einfach nur da und Kristoffer lässt Brita

los, geht einen Schritt nach hinten

Was ist passiert?, fragt er

Asle ist ins Wasser gefallen, sagt Brita

Ist er am Leben, fragt der Mann

Ja, Kristoffer, sagt Brita

Heute ist sein Geburtstag, heute ist Asles siebter

Geburtstag, sagt Kristoffer

Asle ist tot, Brita, sagt er

Nein, er ist nicht tot, das darfst du nicht sagen, sag das

nicht, Kristoffer, sagt Brita

Asle ist tot, sagt Kristoffer

Er ist sieben geworden und dann ist er gestorben, sagt er

Nein, er lebt, sagt Brita

Siehst du nicht, dass er tot ist, sagt Kristoffer

und Brita steht da mit Asle in den Armen und Asles

Arme baumeln herunter und sein Kopf baumelt herun-

ter und seine Augen stehen offen und sind ganz leer

Du bist nicht alt geworden, du bist nur sieben geworden,

du hättest ein langes Leben haben sollen, nicht nur ein

kurzes, sagt Kristoffer

und Brita steht da, vornüber gebeugt, ihr langes schwar-

zes dichtes Haar hängt über Asle

Er ist nicht tot, sagt Brita

und Brita schaut auf, durch ihr Haar, zu Kristoffer

Nein, er ist tot, sagt Kristoffer

und Kristoffer geht noch einen Schritt zurück und er

bleibt stehen, schaut sie an

Brita, sagt Kristoffer

und Brita antwortet nicht, steht einfach nur da wie

zuvor, ihr langes schwarzes Haar hängt ihr vorm Gesicht

Asle ist tot, sagt Kristoffer

Asle ist nicht tot, sagt Brita

Sag das nicht, Kristoffer, sag nicht, dass er tot ist, sagt sie

Asle ist von uns gegangen, sagt Kristoffer

Er ist tot, sagt er

und Kristoffer geht den Hausweg hinauf, er geht um die
Hausecke, geht über den Vorplatz, langsam, Schritt um
Schritt, und die Fische an der Schnur baumeln hin und
her und es sieht aus, als würde Kristoffer bei jedem
Schritt in sich zusammensinken und zu der Erde werden, über die er geht, denkt sie und sie sieht Kristoffer
stehen bleiben und da stehen und zu Boden schauen, er
steht da, eine Schnur mit Fischen in der Hand, und er
schaut zu Boden und sie dreht sich um und dann geht sie
den Hausweg hinunter und sie bleibt neben Brita stehen
und dann hebt sie die Hand und streichelt Brita sanft
über das schwarze dichte Haar, immer wieder streichelt
sie ihr übers Haar und dann hört sie Schritte und sie
sieht Kristoffer den Hausweg herunterkommen und die
Fische baumeln an der Schnur hin und her und Kristoffer stellt sich neben Brita und dann streichelt er ihr auch
übers Haar

Komm hoch, Brita, sagt er

Du kannst hier nicht stehen bleiben, sagt er

Wir müssen ins Haus, sagt er

und Brita schaut durch ihr langes Haar zu Kristoffer
hoch

Heute haben wir den 17. November 1897, sagt Brita

Wir haben den 17. November 1897, sagt Kristoffer

Den 17. November 1897, sagt Brita

und Kristoffer legt Brita den Arm um die Schultern und

langsam gehen Kristoffer und Brita, Brita mit Asle in

den Armen, den Hausweg hinauf

Am 17. November 1897 ist Asle gestorben, sagt Brita

Und am 17. November 1890 ist er geboren, sagt sie

und Kristoffer bleibt stehen und Brita bleibt stehen und

dann stehen sie da und blicken auf die braune Erde und

dann geht die Haustür auf und eine alte Frau kommt

heraus und bleibt auf der Trittplatte vor der Tür stehen

und Kristoffer sieht sie an

Er ist von uns gegangen, der Asle, ja, alte Alise, sagt
Kristoffer

Steht da nicht so herum, sagt die alte Alise

Die Wege des Herren sind unerforschlich, sagt sie

Es geht ihm gut jetzt, dem Asle, er ist bei Gott im Himmel, also seid nicht traurig, sagt sie

Seid nicht traurig, sagt sie

Gott ist barmherzig, sagt sie

und die alte Alise hebt die Hand, eine Hand mit kurzen krummen Fingern, vor ihr Gesicht und sie streicht sich mit der Seite des Zeigefingers übers Auge

Barmherzig, sagt sie

und dann beugt die alte Alise den Kopf und ihre Schultern zittern und dann steht sie nur noch da, sie steht einfach nur da, genauso wie Kristoffer und Brita, Brita mit Asle in den Armen. Es wird immer dunkler, und sie stehen einfach nur so da. Die stehen ja einfach nur so da, die bewegen sich gar nicht, denkt sie. Sie stehen da, sie stehen da, als ob sie seit unvordenklichen Zeiten so stehen würden, denkt sie. Und sie steht auch da. Sie steht da und schaut zu Asle, zu Brita, Kristoffer, der alten Alise. Und dann dreht sie sich um und sieht weit dort hinten, ganz oben auf dem Hügel, da, wo die Weide aufhört, bevor sie auf der anderen Seite schräg zum Fluss hin wieder abfällt, zu dem Fluss, der aus den Bergen hinter ihnen kommt, vom Wasserfall weiter drinnen im Gebirge, ganz oben auf dem Hügel sieht sie einen Jungen stehen, ganz ruhig steht er da und schaut auf das alte Haus herunter und hat er nicht einen Stecken in der Hand? doch, hat er, ein langer, aus einem Zweig geschnittener Stecken liegt über seiner Schulter, vielleicht hat er damit im Fluss geangelt?, denkt sie und dann sieht sie den Jungen und ist das etwa er als Junge? sieht er ihm nicht ähnlich? aber wie kann sie auf diese weite Entfernung sehen, dass er das ist?, denkt sie, aber doch, sie kann es sehen, weil er sowohl weit weg als auch ganz nah ist und weil es ganz dunkel und zugleich ganz hell ist, denkt sie, und das ist ganz unbegreiflich, denn weit dort hinten sieht sie einen Jungen stehen, da ganz oben auf dem Hügel, und trotzdem kann sie sein Gesicht ganz deutlich erkennen, als ob es ganz nah wäre, und sie erkennt ganz deutlich, dass er es ist, und sie sieht ihn auf sich zulaufen und dann ist es auf einmal ein anderes Gesicht, ein ganz anderes Gesicht, aber das Haar ist immer noch schwarz, so wie seins, und sieht er jetzt nicht dem Asle ähnlich, den die Brita, die da steht, in den Armen hält, jetzt kann sie es ganz deutlich sehen, und dann war es vorher auch nicht er, sondern ein anderer, ein gleichaltriger Junge, aber ein anderer, und dieser Junge ist wohl der Asle, den Brita da in den Armen hält, und jetzt ist der Junge fast beim Haus angelangt und sie dreht sich um und sieht das alte Haus und da, vor dem Haus, sieht sie immer noch Brita stehen, Asle in den Armen, und Kristoffer steht da mit Fischen an einer Schnur und auf der Trittplatte vor der Tür steht die alte Alise und jetzt sieht sie es, jetzt sieht sie es, jetzt sieht sie, dass der Junge, der da auf sie zugelaufen kommt, der Asle ist, den Brita in den Armen hält, und sie sieht den Jungen den Stecken loslassen und dann ist es, als ob er in dem Jungen verschwinden würde, den Brita in den Armen hält. Und dann richtet die alte Alise sich auf da auf der Trittplatte vor der Haustür, und langsam dreht sie sich um und geht ins Haus. In ihr Haus, Alise geht in ihr Haus, denkt sie. Und auf dem Platz vorm Haus steht Brita und hält Asle in den Armen. Und dann geht Kristoffer zu Brita hin und dann nimmt er Asle in die Arme

91

und dann hat er Asle fest in seinen Armen und das
Bündel Fische baumelt hinab und dann wiegt Kristoffer
Asle und sich selber vor und zurück und das Bündel
Fische baumelt vor und zurück

Nein, er darf nicht tot sein, sagt Brita

und Kristoffer antwortet nicht

Der liebe Gott darf ihn uns nicht wegnehmen, sagt sie

Meinen Sohn, meinen lieben Sohn, sagt sie

Meinen liebsten Sohn, sagt sie

Aber wo ist Olav, sagt sie

Weißt du, wo Olav ist, Kristoffer, sagt sie

und als würde er Asle zur Taufe tragen, geht Kristoffer
ins Haus hinein und Brita bleibt draußen stehen und
dann führt sich Brita die Hand durchs Haar, sodass das
Haar über den Kopf nach hinten fällt, und ihr Gesicht
liegt da wie ein leerer Himmel und dann geht Brita ins
alte Haus hinein, in dem sie selber auch wohnt, in das
alte Haus, in dem sie jetzt seit so vielen Jahren zusammen mit ihm wohnt, in ihr Haus, in das Haus, das ihr
Haus geworden ist, geht Brita, denkt sie, rein zu ihr geht
sie in ihren seltsamen Kleidern, mit ihrem langen dichten

schwarzen Haar geht Brita in ihr Haus, in das alte Haus von ihm und ihr geht sie, denkt sie, und wenn das so ist, wenn jemand anderes in ihr Haus geht, wenn jemand anderes in ihrem Haus wohnt, dann kann sie selber wohl nicht mehr reingehen? dann ist es wohl doch nicht ihr Haus? und kann sie dann noch da reingehen?, denkt sie, nein, das kann sie wohl nicht? aber da wohnen doch er und sie drin, niemand anderes, denkt sie, seit vielen Jahren wohnen sie da schon zusammen, er und sie, nur sie beide, denkt sie und dann spürt sie den Regen, sie steht ja draußen, im Regen, im Dunkeln, und der Wind geht und es ist kalt und sie kann nicht hier draußen stehen bleiben, denkt sie, aber er ist nicht nach Hause gekommen. Wo er nur ist? Wo bleibt er nur? Er ist wahrscheinlich auf den Fjord rausgefahren in seinem Boot, aber er ist noch nicht zurückgekommen und sie hat Angst um ihn, ihm wird doch nichts passiert sein?, denkt sie, warum kommt er nicht nach Hause? aber das denkt sie so oft, denkt sie, fast jeden Tag denkt sie das, denn er fährt ja jeden Tag mit seinem Boot raus, das tut er, und sie hat meistens Angst um ihn und denkt, dass er bald zurückkommen müsste, denkt sie. Und ist heute etwas anders? Nicht soweit sie weiß, denkt sie. Alles ist doch wie immer. Alles ist wie immer. Ein gewöhnlicher Dienstag Ende November, sie haben 1979. Und sie ist sie. Und er ist er. Aber vielleicht sollte sie trotzdem mal zum Ufer runtergehen, zum Bootshaus, vielleicht sollte sie trotzdem mal nach ihm Ausschau halten?, denkt sie. Ja, das sollte sie tun, denkt sie. Es tut gut, ein bisschen an der Luft zu sein, auch bei Wind und Regen, denkt sie. Es ist erfrischend. Sie kann auch nicht immer nur im Haus sitzen. Sie ist viel zu viel drinnen. Oft geht sie den ganzen Tag lang überhaupt nicht vor die Tür. Nein, das geht so nicht. Sie muss doch ab und zu mal rauskommen. Und dass sie sich immer so ängstigt, die ganze Zeit! ja, ja, aber da kann sie eigentlich auch zum Fjord runtergehen, denkt sie, warum denn nicht, denkt sie, und warum bleibt sie bloß hier stehen? wenn sie gehen will, muss sie gehen, sie kann nicht hier stehen bleiben, denkt sie, es ist ein Dienstag, Ende November 1979, und sie steht einfach hier rum denkt sie und dann geht sie den Hausweg hinunter und vorhin, hat sie ihn da nicht hochkommen gesehen? nein, das kann er nicht gewesen sein, das hat sie sich wohl nur eingebildet, denkt sie, aber jetzt muss sie zum Ufer runtergehen und nach ihm Ausschau halten, es regnet, der Wind weht, und es ist jetzt so dunkel, so dunkel, dass sie kaum sieht, wohin sie tritt, und das, dies fürchterliche Wetter und dazu diese Kälte und warum fährt er bei so einem Wetter raus?, denkt sie, warum tut er das? nein, sie kann das nicht begreifen, warum will er nicht mit ihr zusammen sein?, denkt sie, stattdessen fährt er immer mit dem Boot raus, dem kleinen Boot, einem kleinen Ruderboot, und jetzt muss er aber zurückkommen, denkt sie, und sie ist so unruhig, denn so lange bleibt er sonst nicht auf dem Fjord draußen, nicht bei so einem Wetter, und wenn es so dunkel ist wie jetzt und so kalt, sie kann sich nicht erinnern, dass er schon mal so lange weggeblieben wäre, und warum kommt er nicht? was ist los? es wird doch nichts passiert sein?, denkt sie und vielleicht kommt er nie wieder zurück? nein, so was darf sie nicht denken, denkt sie, und jetzt muss sie einfach zum Ufer runter, sie kann ja eine Zeit lang auf dem Bootssteg stehen und nach ihm

Ausschau halten, denn dann, wenn sie da steht, kommt er vielleicht schneller zurück, denkt sie, denn das hat sie schon oft gemacht, ja, sie ist oft mal runtergegangen, zum Bootshaus und auf den Steg, um nach ihm Ausschau zu halten, sie hat schon oft auf dem Steg gestanden und darauf gewartet, dass er wieder an Land kam, das ist ihr häufigster Abendspaziergang, denkt sie und sie geht die Landstraße lang und den Weg runter und dann hört sie eine Frau rufen, Asle, Asle und sie geht um die Ecke vom Bootshaus und sie bleibt da stehen und da am Ufer sieht sie Britas langes dichtes Haar und sie hört Brita nochmal Asle, Asle! rufen und dann sieht sie ein kleines Boot, ungefähr einen halben Meter lang ist es, ein hübsches kleines Ruderboot, da auf den schwarzen Wellen schwimmen und sie sieht Asles Kopf aus dem Fjord kommen und sie sieht seine Hände in den Wellen fuchteln und dann sieht sie Brita auf den Steg rennen und wieder verschwindet Asles Kopf im Wasser, seine Hände auch, der ganze Asle verschwindet im Wasser und sein Boot liegt immer noch auf dem Wasser und treibt weiter auf den Fjord hinaus und Brita springt vom Steg und

schwimmt los und das Boot verschwindet hinter einer
Welle und Brita schwimmt mit aller Kraft, sie strampelt,
kämpft sich vor, den Wellen entgegen, und die Wellen
drängen sie zurück und sie ruft Asle! Asle! zwischen
den Wellen und dann ist Asles Kopf wieder zu sehen, er
kommt zwischen zwei Wellen hoch
Asle!, ruft Brita
und sie hört, wie Britas Schrei alles erfüllt, was da ist,
den Fjord, die Berge, und Asle antwortet nicht und dann
kommt eine große Welle und spült über Asle hinweg
und lässt sein Boot umschlagen und es treibt im Wasser
und dümpelt auf Brita zu und dann ist Asles Kopf nicht
mehr zu sehen und Brita greift seine Haare und sie lässt
sie nicht mehr los und die Wellen spülen über sie beide
hinweg und Britas freie Hand rudert los und rudert und
rudert und eine hohe Welle trägt Brita und Asle aufs
Land zu und dann hat Brita offenbar Grund unter den
Füßen und eine Welle spült über ihren Kopf hinweg und
sie geht schwer aufs Ufer zu und zieht Asle an seinen
Haaren mit sich und nur sein Kopf ist über dem Wasser
und dann kommt Brita immer weiter aus dem Wasser

und ihr Haar hängt lang und schwarz vor ihrem Gesicht
herab, und dann kann man Asles Oberkörper sehen und
Brita zieht Asle zu sich heran und greift mit einem Arm
unter seine Knie und mit dem anderen unter seinen
Rücken und Brita hebt Asle hoch und watet durch das
Wasser ans Ufer, das Gesicht in den Regen gereckt, Asle
in den Armen, und seine Hände baumeln hinunter und
Brita gelangt ans Ufer und Brita geht zum Bootshaus
hinauf, Asle in den Armen, und sie sieht Brita um die
Ecke vom Bootshaus gehen, Asle in den Armen, und
dann sieht sie Asles Boot so hübsch auf dem Wasser treiben und sie sieht Asle da stehen und er hält einen Stecken und von dem Stecken geht ein dünnes Seil zum
Boot und Asle geht am Ufer entlang und zieht das Boot
vorsichtig an dem Seil mit sich und das Boot gleitet so
leuchtend leicht übers Wasser und dann lässt er den
Schwung, mit dem das Boot gleitet, auslaufen und dann
liegt das Boot still da und wippt im Fjord auf und ab und
dann hebt Asle den Stecken und das Boot vollführt eine
langsame Kurve und dann gleitet das Boot aufs Ufer zu
und dann geht Asle ein bisschen rückwärts und dann

führt er das Boot in eine Art kleiner Bucht, die er zwischen zwei großen Steinen hergerichtet hat, und dann legt er den Stecken auf den Boden und dann lädt Asle Miesmuscheln in das Boot, eine Muschel nach der anderen, bis das Boot voll ist, und dann gibt Asle dem Boot einen kleinen Stups und es treibt aus seiner Bucht zwischen den beiden Steinen hinaus und dann nimmt er den Stecken und geht weiter am Ufer entlang und das Boot gleitet so langsam und stetig einher und das Boot liegt bis fast an den Rand im blanken und reglosen Wasser und Asle führt das Boot ruhig an dem Seil und dann dreht Asle sich um und er sieht Kristoffer um die Ecke vom Bootshaus kommen

Na, was für eine Ladung fährst du heute, Asle, sagt Kristoffer

Ich fahre mit Waren nach Bergen rüber, sagt Asle

Was denn für Waren, sagt Kristoffer

So verschiedene, sagt Asle

Willst es nicht verraten, sagt Kristoffer

Hmnein, sagt Asle

und Kristoffer sagt, das ist in Ordnung, ein paar

Geschäftsgeheimnisse darf man ruhig haben, sagt er und
dann fragt er ihn, wie lange er denn in Bergen bleiben
will

Ein paar Tage, sagt Asle

Ja, wenn du schon mal in der Stadt bist, nicht wahr, sagt
Kristoffer

Die Fahrt dauert ja schon einen ganzen Tag, ja, sagt
Asle

So ist das, sagt Kristoffer

und Kristoffer geht auf den Bootssteg hinaus und zieht
sein Boot heran

Willst du mit dem Boot los, sagt Asle

Ein bisschen angeln, schließlich brauchen wir was zu
essen, sagt Kristoffer

Kann ich mitkommen, sagt Asle

Gern, sagt Kristoffer

Ach nein, ich will doch nicht, sagt Asle

Ich hab keine Zeit, sagt er

Ja, das kann ich verstehen, sagt Kristoffer

Du hast das Boot voll Ladung und willst nach Bergen,
so war das ja, sagt er

Ich komme später mal mit, sagt Asle

Du fährst also jetzt nach Bergen, ja, sagt Kristoffer

Ja, tu ich, sagt Asle

und dann ist Kristoffers Boot am Steg und Kristoffer
steigt an Bord, macht die Leinen los, setzt sich auf die
Ruderbank, legt die Ruder aus und rudert in die Bucht
hinaus, dann sitzt er da und lässt die Ruder ein bisschen
hängen

Wir sehen uns dann, wenn du aus Bergen zurück bist,
sagt Kristoffer

Machen wir, sagt Asle

Du bringst uns sicher was Leckeres mit, sagt Kristoffer

Ja, mal sehen, sagt Asle

und dann legt Kristoffer sich in die Ruder und fährt auf
den Fjord hinaus und Asle geht weiter am Ufer entlang
und sein Boot gleitet so schön übers Wasser und Kristoffer rudert mit kräftigen Schlägen und sein Boot verschwindet hinter der Landzunge und dann kräuselt das
Wasser sich und ein paar kleine Wellen lassen Asles Boot
hin und her schwanken und Asle hebt den Stecken und
sein Boot hebt sich vorn übers Wasser und hinten taucht

es unter und dann rutschen die Muscheln nach hinten und fallen ins Wasser und Asle ruckt hart an dem Stecken und da löst das Seil sich und das Boot treibt ab und Asle versucht, es mit dem Stecken zu erreichen, und er schafft es gerade so, er erreicht das Boot und er versucht vorsichtig, es näher an Land zu ziehen, er drückt ein bisschen auf den Stecken, und dann rutscht er ab und das Boot gleitet rasch seitwärts weg und Asle legt den Stecken hin, nimmt einen Stein, wirft ihn und der Stein fällt dicht vorm Boot ins Wasser und die Wellen, die der Stein schlägt, treiben das Boot weiter vom Land weg und Asle nimmt noch einen Stein und er wirft ihn und diesmal trifft er das Boot an der Seite und es kommt näher ans Ufer heran und Asle nimmt den Stecken, erreicht das Boot damit und er holt es an Land. Und Asle nimmt das Boot aus dem Wasser. Und Asle steht da, das Boot in den Händen, und schaut es an und dann setzt er es wieder ins Wasser und dann liegt das Boot da in der kleinen Bucht zwischen den beiden Steinen und Asle sammelt ein paar Zweige ein, bricht ein Stück Kleinholz, das da liegt, in Stücke, belädt das Boot ordentlich, und dann schubst Asle das Boot ein ganzes Stückchen weit hinaus und das Boot gleitet so schön übers Wasser und Asle nimmt einen kleinen Stein, wirft ihn hinter das Boot und die Wellen von dem Stein treiben das Boot ein Stück weiter, es wippt auf und ab, und dann nimmt Asle noch ein paar Steine und er wirft Stein um Stein hinter das Boot und es gleitet immer weiter auf den Fjord hinaus und bald ist das Boot ein gutes Stück draußen in der Bucht und gleitet langsam noch weiter auf den Fjord hinaus und Asle nimmt einen größeren, ziemlich schweren Stein, er packt ihn und stemmt ihn hoch und trägt den Stein ans Ufer und dann nimmt er den Stein in eine Hand und versucht, ihn über den Kopf zu heben, aber das schafft er nicht, da nimmt er den Stein mit beiden Händen an seine Seite und wirft ihn, so feste er kann, und er schleudert ihn los und der Stein platscht ins Wasser, nicht weit vom Ufer entfernt, und der Stein macht große Wellen, die sich zum Ufer hin und zum Boot hin ausbreiten, und das Boot gleitet rascher in die Bucht hinaus und Asle sieht das Boot immer weiter auf den Fjord gleiten und dann scheint das Wetter jäh umzuschlagen, es wird dunkel, Wind kommt auf, es fängt an zu regnen, Wellen kommen und das Boot wippt auf und ab, immer weiter auf den Fjord hinaus fährt das Boot und dann schleudert Asle sich die Holzschuhe von den Füßen und knöpft die Hose auf, zieht sie sich aus, und dann geht er ins Wasser hinaus, er steht bis zu den Knien im Wasser und dann kommt eine Welle und geht ihm fast bis zum Schritt und da draußen ist sein Boot und er schaut zum Boot und sie sieht, wie sie am Ufer steht, dass Asle hinauswatet, und sie sieht ihn unter Wasser geraten und sie denkt, jetzt muss er aber bald mal zurückkommen, und sie geht auf den Bootssteg hinaus und es ist derart dunkel, dass sie nichts mehr sieht, jetzt muss er aber bald mal kommen, denkt sie, und dieser Wind, und diese Dunkelheit, und die Wellen, die hohe Flut, und es ist so kalt, und die Wellen gehen so hoch, dass sie über den Steg spülen, bis zu ihr hin, ein fürchterliches Wetter, denkt sie, und jetzt muss er aber bald mal kommen, denkt sie, und da draußen? ist das nicht eine Art Licht? als würde da ein Feuer brennen, draußen mitten auf dem Fjord? ein lila Licht, oder? nein, das kann ja gar nicht sein, aber trotzdem ist es da, denkt sie, und wo ist er? und sein Boot? nichts ist zu sehen, aber wo ist er? und warum kommt er nicht? will er nicht mit ihr zusammen sein? liegt es daran? das muss man sich mal vorstellen, dass einer bei so einem Wetter auf dem Fjord draußen sein will, bei dieser Dunkelheit, nein, das kann sie nicht begreifen, denkt sie und versucht, über den Fjord zu schauen, aber sie kann nichts erkennen, und jetzt muss er aber bald kommen, denkt sie, bei so einem Wetter kann er doch nicht auf dem Fjord bleiben, in dieser Dunkelheit, bei diesem Wetter und dann noch in so einem kleinen Boot, seinem kleinen Ruderboot, denkt sie. Und es ist doch so dunkel. Und so kalt. Und kann sie überhaupt hier stehen bleiben? Aber warum kommt er nicht? Und kann sie sich daran erinnern, dass er schon mal früher bei so einem Wetter draußen gewesen ist, und so spät abends?, denkt sie, nein, nicht, soweit sie weiß, nein, oder? nein, sie glaubt nicht, wahrscheinlich nicht, denkt sie, und sie kann doch nicht einfach so stehen bleiben, denkt sie, denn sie friert, es ist kalt, und kann sie ihn rufen? nein, das geht nicht, sie kann ihn doch nicht rufen? es geht doch nicht, hier in der Dunkelheit zu stehen und zu rufen, denkt sie, aber was soll sie sonst tun? irgendwer muss ihn doch suchen, ja! irgendwer muss ihn finden! aber wer? sie muss wen mit einem gro-ßen Boot holen mit einem großen Scheinwerfer daran, der muss auf den Fjord hinausfahren und ihn suchen, denkt sie, aber wen? kennt sie jemanden? nein, sie kennt niemanden, der das tun könnte, denkt sie, da muss sie wohl hier stehen bleiben, stehen bleiben, sie muss wohl stehen bleiben und warten, denkt sie, und was sonst? rufen? jemanden mit einem großen Boot holen? einem großen Boot mit Scheinwerfer? oder warten? hier stehen und warten? oder nach Hause gehen und warten? ein-fach wieder nach Hause gehen und warten? denn sie kann hier nicht länger stehen und er kommt sicher bald zurück, er bleibt sicher nicht mehr lange, denkt sie und geht zurück über den Steg und sie bleibt stehen, denn dort, dort am Ufer, da brennt ja ein Feuer, sollte das ein Johannisfeuer sein? und stehen da nicht zwei Jungs beim Feuer? doch, da sind zwei Jungs, stimmt, und sind das nicht die Jungs vom Nachbarhof?, denkt sie, doch, das

sind die beiden, aber ein Feuer? also so was, zu dieser
Jahreszeit? bei dem Wetter? nein, wie kann das angehen,
denkt sie, bei dem Wetter kann man doch kein Feuer
machen, kein Mensch würde an so einem Abend ein
Feuer machen, aber am Ufer brennt ein Feuer und zwei
Jungs von zehn, zwölf Jahren stehen daneben und
schauen ins Feuer und brennt da nicht so was wie ein
Boot, ein Ruderboot? so ein Boot, wie er eins hat?,
denkt sie, nein, das ist doch merkwürdig, denkt sie und
sie sieht die Flammen vom Boot hochschlagen, das Boot
brennt an mehreren Stellen zugleich und das Feuer hat
die Gestalt eines Bootes und die beiden Jungs stehen
daneben und starren in die Flammen, was das nur soll?,
denkt sie, nein, das kann sie nicht begreifen, das geht
doch nicht, denkt sie und sie kann nicht hier auf dem
Steg stehen bleiben, es ist kalt, sie friert bei diesem
Regen, diesem Wind, aber er, kommt er nicht bald? wo
bleibt er nur?, denkt sie und geht weiter auf das merk-
würdige Feuer zu, das da am Ufer brennt, und zwei
Jungs stehen da und schauen das brennende Boot an,
nein, was ist das jetzt?, denkt sie, und jetzt, zu dieser

Jahreszeit, wie denn das?, denkt sie und sie geht um die Ecke vom Bootshaus und den Pfad hinauf und jetzt sind Regen und Wind noch stärker geworden und die Dunkelheit ist derart dicht geworden, dass sie nicht mehr sieht, wohin sie tritt, und jetzt muss sie zuschauen, dass sie ins Trockene kommt, denkt sie, jetzt muss sie in ihr altes Haus da oben und nach dem Ofen schauen, der darf nicht ausgehen, wenn er nass und klamm vom Fjord kommt, muss es im Haus warm sein, in ihrem alten Haus da oben, in der schönen alten Stube in dem alten Haus, wo sie wohnen, wo sie seit so vielen Jahren wohnen, denkt sie, jetzt muss sie nach Hause und muss gut einheizen, denkt sie und sie geht den Hausweg hoch und sie bleibt stehen und sie dreht sich um, denn hat sie nicht hinter sich etwas gehört? Schritte? sie hat da was gehört, denkt sie und sie schaut zum Ufer hinunter und da brennt immer noch ein Feuer, aber es ist nicht mehr so groß wie eben, es ist nur so groß, als würde da ein bisschen Kleinholz brennen, es brennt schwach, und dass da unten am Ufer ein Feuer brennt, jetzt, an diesem dunklen Abend, bei diesem Regen, bei diesem Wind, denkt sie und sie sieht, dass das Feuer erlischt und alles dunkel wird und dann lodert eine einzelne Flamme auf, dann wird es wieder dunkel, dann lodert wieder eine Flamme auf, aber jetzt etwas schwächer, dann wird es wieder dunkel und dann lodert nochmal eine Flamme auf, aber sie ist so klein, dass man sie nur ganz kurz sieht, und dann ist es dunkel. Nur noch die Dunkelheit. Nur noch der Regen. Und nur noch der Wind. Und jetzt muss sie aber ins Trockene, denkt sie und sie geht um die Ecke von ihrem alten Haus, wo sie wohnt, und dort vor sich auf dem Vorplatz sieht sie eine alte Frau in einem blauen Mantel gehen und auf dem Kopf hat sie die gelb-weiße Wollmütze, die er immer trägt, und die alte Frau stützt sich auf einen Stock, sie geht langsam einher und in der Hand hat sie eine rote Einkaufstasche, und dann sieht sie, dass neben der alten Frau ein kleiner Junge geht und er hat auch den Griff von der Einkaufstasche in der Hand, und jetzt sieht sie es, das ist ja er als Junge! er geht da, denkt sie und sie sieht, dass die alte Frau zwei krumme Finger über seine kleine Hand gelegt hat und die alte Frau und er erreichen die Trittplatte vor der

Haustür und sie stellt den Stock an die Wand und dann macht sie die Haustür auf

So jetzt aber nichts wie rein in die gute Stube, wir alle beide, Asle und die Oma, sagt die Oma

Ja, nichts wie rein, sagt Asle

Du bist ein lieber Junge, Asle, dass du mir so viel hilfst, sagt die Oma

Seit Opa Olav gestorben ist, bist du meine beste Hilfe, sagt sie

und sie sieht, dass die Oma ins Haus geht und er geht hinter ihr hinein und sie denkt nein, sie kann doch nicht einfach stehen bleiben hier draußen in der Kälte und obwohl jetzt jemand anderes in ihr altes Haus gegangen ist, in dem sie wohnt, denn es ist ja ihr Haus, sie und er wohnen beide darin, denkt sie, und er ist ja eben auch reingegangen und die Alte, das war seine Oma, denkt sie, und dann, ja, dann kann sie doch auch reingehen?, denkt sie, und sie sollte einfach reingehen, sie auch, hier draußen ist zu viel Regen und zu viel Wind, und es ist kalt, sie muss auch reingehen, denkt sie, aber kann sie denn in das alte Haus reingehen, wenn wer anderes da

wohnt?, denkt sie, aber sie wohnt doch selber darin, sie
wohnen beide da, sie und er, Signe und Asle, da kann sie
ruhig einfach reingehen, denkt sie und sie geht rein und
da im Flur sieht sie die Oma stehen und die gelb-weiße
Mütze ausziehen und sie legt sie auf das Brett und dann
knöpft die Oma sich den Mantel auf und hängt ihn an
einen Kleiderhaken
Machst du bitte die Haustür zu, Asle, dass die Wärme
nicht aus dem Haus geht, sagt die Oma
Draußen ist es ja so glatt, dass es für einen alten Menschen wie deine Oma schier gefährlich ist, vor die Tür zu
gehen, sagt sie
Aber für dich, für dich ist es nicht gefährlich, du bist
jung, Asle, sagt sie
Nein, für mich nicht, sagt Asle
Für dich nicht, nein, du bist jung, sagt die Oma
und sie sieht die Oma die rote Einkaufstasche nehmen
und die Tür zur Küche aufmachen und hineingehen und
sie sieht, dass er hinter ihr hineingeht und die Tür hinter
sich schließt und jetzt muss sie einfach hinein und Holz
nachlegen, denkt sie, denn es muss warm sein, wenn er

zurückkommt, sie muss einfach hineingehen und einheizen, denkt sie, der Ofen darf nicht ausgehen, es muss
schön warm sein in der Stube, wenn er vom Fjord heimkommt, es geht ja so ein Wind, es regnet so, es ist so
dunkel draußen, und so kalt ist es, da muss es, wenn er
heimkommt, schön warm und gemütlich sein in der
Stube in ihrem alten Haus, denkt sie und sie zieht den
Regenmantel aus und sie hängt ihn an den Haken, an
den vorhin die Oma ihren Mantel gehängt hat, über den
Mantel von der Oma hängt sie ihren Regenmantel und
dann geht sie zur Stubentür und macht sie auf und dann
geht sie hinein und sie sieht, wie sie da auf der Bank
liegt, sich selber in die Stube kommen und sich umdrehen und die Tür zumachen und dann sieht sie sich selber
zur Holzkiste gehen und ein paar Scheite herausnehmen
und sie sieht sich selber, wie sie sich bückt und die Holz-
scheite in den Ofen legt, und dann sieht sie sich selber,
wie sie sich aufrichtet und da steht und in die Flammen
schaut, und sie denkt, wie sie da steht, gut, dass der Ofen
nicht ausgegangen ist, dass er immer noch brennt, und
hier drinnen ist es ja nicht so kalt, wenn er doch jetzt nur

kommen würde, denkt sie und dann sieht sie, dass die
Küchentür aufgeht und dann kommt der Geruch von
gebratenem Speck in die Stube gezogen und dann sieht
sie ihn aus der Küche kommen und gleich hinter ihm
kommt die Oma
Setz dich nur immer hin, du, das Essen ist gleich fertig,
sagt die Oma
Du bist lieb, Oma, sagt Asle
Und du bist ein guter Junge, Asle, sagt die Oma
Wir haben uns lieb, ja, sagt Asle
und sie sieht ihn zum Tisch gehen und er setzt sich ans
Kopfende vom Tisch und sie sieht ihn da sitzen und mit
den Beinen baumeln und die Oma geht wieder in die
Küche und er sitzt da und baumelt mit den Beinen und
dann kommt die Oma wieder herein mit einem Teller
voll gebratenem Speck, Spiegeleiern, Bratkartoffeln und
gebratenen Zwiebeln und in der anderen Hand hat die
Oma ein großes Glas Milch
So jetzt kriegst du ordentlich was zu essen, sagt die Oma
und die Oma stellt den Teller und das Glas vor ihn hin
und dann fängt er an zu essen und die Oma setzt sich ans

andere Ende des Tischs und wie sie da auf der Bank liegt, sieht sie sich selber da stehen und ins Ofenfeuer schauen und dann sieht sie sich selber zum Fenster gehen und hinausschauen und dann sieht sie, wie sie da am Fenster steht, zur Kammertür und die geht auf und dann sieht sie Brita da stehen und die Tür aufhalten und sie sieht ihr Haar straff ums Gesicht herumgesteckt und dann sieht sie Kristoffer in der Kammertür stehen und in den Armen hält er einen kleinen Sarg aus hellem Holz und er kommt in die Stube

Jetzt ist es soweit, sagt Kristoffer

Ja, jetzt müssen wir Abschied nehmen, sagt Brita

Es muss sein, sagt Kristoffer

und sie sieht Brita die Kammertür zumachen und dann macht Brita die Flurtür auf und steht da und hält sie auf und draußen im Flur sieht sie die alte Alise stehen und Tränen rinnen ihr über das runzlige Gesicht und dann sieht sie Kristoffer durch die Tür gehen, den kleinen Sarg in den Armen, und dann geht Brita hinaus, macht die Tür hinter sich zu und dann sieht sie, wie sie da auf der Bank liegt, sich selber zur Bank gehen und dann

sieht sie sich selber, wie sie sich auf die Bank legt und
sich die Hände unter den Pullover schiebt bis hoch
über die Brüste, und dann liegt sie da, die Hände auf
den Brüsten, und dann zieht sie sich mit einer Hand den
Rock hoch und sie legt sich die Hand zwischen die
Beine, lässt die Hand dort, und sie schaut zum Tisch und
sieht ihn aufstehen

Danke für das Essen, Oma, sagt Asle

Gern geschehen, sagt die Oma

und die Oma steht auf, nimmt seinen Teller und er
nimmt das leere Glas

Das hat sehr gut geschmeckt, sagt Asle

Danke, sagt die Oma

und dann geht die Oma in die Küche und er geht hinter
ihr her und er macht die Tür hinter sich zu und dann
sind sie weg, für immer weg, denkt sie, wie sie da auf der
Bank liegt, und sie denkt, heute, heute ist sicher Donnerstag, es ist März und wir haben das Jahr 2002, denkt
sie und sie schaut zur Kammertür und die Tür geht auf
und dann steht er da

Willst du nicht bald ins Bett kommen, sagt er

Ich hab das Bett schon gewärmt, sagt er

und er schiebt sich sein langes schwarzes Haar hinters

Ohr und er schaut sie an

Komm jetzt ins Bett, sagt er

und sie schaut ihn an und dann schaut sie von ihm weg

ins Leere und dann legt sie sich beide Hände auf den

Bauch und sie faltet ihre Hände und ich höre Signe sagen

Herr Jesus steh mir bei, du

»Ein starkes Buch über die Demenz
einer Mutter und die Liebe ihrer Tochter.«

The Washington Post

Nach und nach verliert Alice ihr Gedächtnis, bis sie irgendwann nicht mehr ihre Bahnen im geliebten Schwimmbad
ziehen kann. Während sie sich und der Welt zunehmend
abhandenkommt, versucht ihre Tochter, Erinnerungen
festzuhalten und sich so ihrer Mutter anzunähern – sowie
der Frage, was ein Leben ausmacht.

»Von der ersten Seite an berührt der Roman das Herz. …
Es ist wie Zauberei, was die Autorin mit der Sprache macht.
… Ein wunderbares Buch.«

WDR 2 über Julie Ostukas Bestseller *Wovon wir träumten*

Julie Otsuka
SOLANGE WIR SCHWIMMEN
Roman
Aus dem amerikanischen Englisch
von Katja Scholtz

160 Seiten,
gebunden mit Schutzumschlag
und Lesebändchen
€ 22,– [D]
ISBN 978-3-86648-691-1

»Ein einfühlsames Nachdenken
über Identität und Wert eines Menschen.«
Badische Neueste Nachrichten

Ein Vorfall bei einem Solokonzert für Violine stürzt den
Musiker Simon in eine tiefe Krise. In der Einsamkeit einer
finnischen Schäreninsel, auf der es außer ihm und seiner
Geige nichts gibt als Vögel, Bäume und das Meer, stellt er
sich der Frage, wie er weitermachen kann, wenn sein Beruf
und seine Berufung nicht mehr Teil seines Lebens sein
werden.

»Außerordentlich schön und eindrucksvoll.«
rbb Kulturradio

Stefan Moster
BIN DAS NOCH ICH
Roman

272 Seiten,
gebunden mit Schutzumschlag
und Lesebändchen
€ 24,– [D]
ISBN 978-3-86648-712-3